鲁迅作品单行本

华盖集续编

鲁迅 著

人民文学出版社

图书在版编目（CIP）数据

华盖集续编/鲁迅著. —2版. —北京：人民文学出版社，2021（2021.11重印）
ISBN 978-7-02-015261-2

Ⅰ.①华… Ⅱ.①鲁… Ⅲ.①鲁迅杂文—杂文集 Ⅳ.①I210.4

中国版本图书馆CIP数据核字（2019）第096358号

责任编辑	杜　丽
装帧设计	陶　雷
责任印制	任　祎

出版发行	人民文学出版社
社　　址	北京市朝内大街166号
邮政编码	100705
印　　刷	北京明恒达印务有限公司
经　　销	全国新华书店等
字　　数	137千字
开　　本	880毫米×1230毫米　1/32
印　　张	7.5　插页2
版　　次	1980年7月北京第1版 2006年12月北京第2版
印　　次	2021年11月第2次印刷
书　　号	978-7-02-015261-2
定　　价	28.00元

如有印装质量问题，请与本社图书销售中心调换。电话:010-65233595

目　录

小引 …………………………………………… 1

一九二六年

杂论管闲事・做学问・灰色等 …………………… 3
有趣的消息 …………………………………… 17
学界的三魂 …………………………………… 27
古书与白话 …………………………………… 35
一点比喻 ……………………………………… 40
不是信 ………………………………………… 44
我还不能"带住" ……………………………… 68
送灶日漫笔 …………………………………… 73
谈皇帝 ………………………………………… 78
无花的蔷薇 …………………………………… 81
无花的蔷薇之二 ……………………………… 87
"死地" ………………………………………… 92
可惨与可笑 …………………………………… 95
记念刘和珍君 ………………………………… 99
空谈 …………………………………………… 106

如此"讨赤" ………………………………………… 111
无花的蔷薇之三 ………………………………… 113
新的蔷薇 ………………………………………… 118
再来一次 ………………………………………… 124
为半农题记《何典》后,作 ……………………… 130
马上日记 ………………………………………… 135
马上支日记 ……………………………………… 149
马上日记之二 …………………………………… 171
记"发薪" ………………………………………… 179
记谈话 …………………………………………… 186
上海通信 ………………………………………… 193

华盖集续编的续编

厦门通信 ………………………………………… 201
厦门通信(二) …………………………………… 205
《阿Q正传》的成因 ……………………………… 208
关于《三藏取经记》等 …………………………… 218
所谓"思想界先驱者"鲁迅启事 ………………… 224
厦门通信(三) …………………………………… 226
海上通信 ………………………………………… 231

本书收作者1926年所作杂文三十二篇,另1927年所作一篇。1927年5月北京北新书局初版。作者生前印行六版次。

小　　引[1]

　　还不满一整年,所写的杂感的分量,已有去年一年的那么多了。秋来住在海边,目前只见云水,听到的多是风涛声,几乎和社会隔绝。如果环境没有改变,大概今年不见得再有什么废话了罢。灯下无事,便将旧稿编集起来;还豫备付印,以供给要看我的杂感的主顾们。

　　这里面所讲的仍然并没有宇宙的奥义和人生的真谛。不过是,将我所遇到的,所想到的,所要说的,一任它怎样浅薄,怎样偏激,有时便都用笔写了下来。说得自夸一点,就如悲喜时节的歌哭一般,那时无非借此来释愤抒情,现在更不想和谁去抢夺所谓公理或正义。你要那样,我偏要这样是有的;偏不遵命,偏不磕头是有的;偏要在庄严高尚的假面上拨它一拨也是有的,此外却毫无什么大举。名副其实,"杂感"而已。

　　从一月以来的,大略都在内了;只删去了一篇[2]。那是因为其中开列着许多人,未曾,也不易遍征同意,所以不好擅自发表。

　　书名呢?年月是改了,情形却依旧,就还叫《华盖集》。然而年月究竟是改了,因此只得添上两个字:"续编"。

　　一九二六年十月十四日,鲁迅记于厦门。

＊　　＊　　＊

　　〔1〕 本篇最初发表于1926年11月16日《语丝》周刊第一〇四期。

　　〔2〕 指《大衍发微》,后收入《而已集》作附录。

一九二六年

杂论管闲事·做学问·灰色等[1]

1

听说从今年起,陈源(即西滢)[2]教授要不管闲事了;这豫言就见于《现代评论》[3]五十六期的《闲话》里。惭愧我没有拜读这一期,因此也不知其详。要是确的呢,那么,除了用那照例的客套说声"可惜"[4]之外,真的倒实在很诧异自己之胡涂:年纪这么大了,竟不知道阳历的十二月三十一日和一月一日之交在别人是可以发生这样的大变动。我近来对于年关颇有些神经过钝了,全不觉得怎样。其实,倘要觉得罢,可是也不胜其觉得。大家挂上五色旗[5],大街上搭起几坐彩坊,中间还有四个字道:"普天同庆",据说这算是过年。大家关了门,贴上门神,爆竹毕剥砰礚的放起来,据说这也是过年。要是言行真跟着过年为转移,怕要转移不迭,势必至于成为转圈子。所以,神经过钝虽然有落伍之虑,但有弊必有利,却也很占一点小小的便宜的。

但是,还有些事我终于想不明白:即如天下有闲事,有人管闲事之类。我现在觉得世上是仿佛没有所谓闲事的,有人来管,便都和自己有点关系;即便是爱人类,也因为自己是人。假使我们知道了火星里张龙和赵虎打架,便即大有作为,请酒开会,维持张龙,或否认赵虎,[6]那自然是颇近于管闲事了。然而火星上事,既然能够"知道",则至少必须已经可以通信,关系也密切起来,算不得闲事了。因为既能通信,也许将来就能交通,他们终于会在我们的头顶上打架。至于咱们地球之上,即无论那一处,事事都和我们相关,然而竟不管者,或因不知道,或因管不着,非以其"闲"也。譬如英国有刘千昭雇了爱尔兰老妈子在伦敦拉出女生,[7]在我们是闲事似的罢,其实并不,也会影响到我们这里来。留学生不是多多,多多了么?倘有合宜之处,就要引以为例,正如在文学上的引用什么莎士比亚呀,塞文狄斯呀,芮恩施[8]呀一般。

（不对,错了。芮恩施是美国的驻华公使,不是文学家。我大约因为在讲什么文艺学术的一篇论文上见过他的名字,所以一不小心便带出来了。合即订正于此,尚希读者谅之。）

即使是动物,也怎能和我们不相干?青蝇的脚上有一个霍乱菌,蚊子的唾沫里有两个疟疾菌,就说不定会钻进谁的血里去。管到"邻猫生子"[9],很有人以为笑谈,其实却正与自己大有相关。譬如我的院子里,现在就有四匹邻猫常常吵架了,倘使这些太太们之一又诞育四匹,则三四月后,我就得常听到八匹猫们常常吵闹,比现在加倍地心烦。

所以我就有了一种偏见,以为天下本无所谓闲事,只因为没有这许多遍管的精神和力量,于是便只好抓一点来管。为什么独抓这一点呢?自然是最和自己相关的,大则因为同是人类,或是同类,同志;小则,因为是同学,亲戚,同乡,——至少,也大概叨光过什么,虽然自己的显在意识上并不了然,或者其实了然,而故意装痴作傻。

但陈源教授据说是去年却管了闲事了,要是我上文所说的并不错,那就确是一个超人。今年不问世事,也委实是可惜之至,真是斯人不管,"如苍生何"[10]了。幸而阴历的过年又快到了,除夕的亥时一过,也许又可望心回意转的罢。

2

昨天下午我从沙滩[11]回家的时候,知道大琦[12]君来访过我了。这使我很高兴,因为我是猜想他进了病院的了,现在知道并没有。而尤其使我高兴的是他还留赠我一本《现代评论增刊》,只要一看见封面上画着的一枝细长的蜡烛,便明白这是光明之象,更何况还有许多名人学者的著作,更何况其中还有陈源教授的一篇《做学问的工具》呢?这是正论,至少可以赛过"闲话"的;至少,是我觉得赛过"闲话",因为它给了我许多东西。

我现在才知道南池子的"政治学会图书馆"去年"因为时局的关系,借书的成绩长进了三至七倍"了,但他"家翰笙"[13]却还"用'平时不烧香,临时抱佛脚'十个字形容当今学术界大部分的状况"。这很改正了我许多误解。我先已说过,现在的留学生是多多,多多了,但我总疑心他们大部分是在外国租了房子,关起门来燉牛肉吃的,而且在东京实在也看见过。那时我想：燉牛肉吃，在中国就可以，何必路远迢迢，跑到外国来呢？虽然外国讲究畜牧，或者肉里面的寄生虫可以少些，但燉烂了，即使多也就没有关系。所以，我看见回国的学者，头两年穿洋服，后来穿皮袍，昂头而走的，总疑心他是在外国亲手燉过几年牛肉的人物，而且即使有了什么事，连"佛脚"也未必肯抱的。现在知道并不然，至少是"留学欧美归国的人"并不然。但可惜中国的图书馆里的书太少了，据说北京"三十多个大学，不论国立私立，还不及我们私人的书多"云。这"我们"里面，据说第一要数"溥仪先生的教师庄士敦[14]先生"，第二大概是"孤桐先生"即章士钊[15]，因为在德国柏林时候，陈源教授就亲眼看见他两间屋里"几乎满床满架满桌满地，都是关于社会主义的德文书"。[16]现在呢，想来一定是更多的了。这真教我欣羡佩服。记得自己留学时候，官费每月三十六元，支付衣食学费之外，简直没有赢余，混了几年，所有的书连一壁也遮不满，而且还是杂书，并非专而又专，如"都是关于社会主义的德文书"之类。

但是很可惜，据说当民众"再毁"这位"孤桐先生"的"寒家"时，"好像他们夫妇两位的藏书都散失了"。想那时一定是拉了几十车，向各处走散，可惜我没有去看，否则倒也是一个壮观。

所以"暴民"之为"正人君子"所深恶痛绝，也实在有理由，即如这回之"散失"了"孤桐先生"夫妇的藏书，其加于中国的损失，就在毁坏了三十多个国立及私立大学的图书馆之上。和这一比较，刘百昭司长的失少了家藏的公款八千元,[17]要算小事件了,但我们所引为遗憾的是偏是章士钊刘百昭有这么多的储藏,而这些储藏偏又全都遭了劫。

在幼小时候曾有一个老于世故的长辈告诫过我:你不要和没出息的担子或摊子为难,他会自己摔了,却诬赖你,说不清,也赔不完。这话于我似乎到现在还有影响,我新年去逛火神庙[18]的庙会时,总不敢挤近玉器摊去,即使它不过摆着寥寥的几件。怕的是一不小心,将它碰倒了,或者摔碎了一两件,就要变成宝贝,一辈子赔不完,那罪孽之重,会在毁坏一坐博物馆之上。而且推而广之,连热闹场中也不大去了,那一回的示威运动时,虽有"打落门牙"[19]的"流言",其实却躺在家里,托福无恙。但那两屋子"关于社会主义的德文书"以及其他从"孤桐先生"府上陆续散出的壮观,却也因此"交臂失之"[20]了。这实在也就是所谓"有一利必有一弊",无法两全的。

现在是收藏洋书之富,私人要数庄士敦先生,公团要推"政治学会图书馆"了,只可惜一个是外国人,一个是靠着美国公使芮恩施竭力提倡出来的[21]。"北京国立图书馆"将要扩张,实在是再好没有的事,但听说所依靠的还是美国退还的赔款[22],常年经费又不过三万元,每月二千余。要用美国的赔款,也是非同小可的事,第一,馆长就必须学贯中西,世界闻名的学者。据说,这自然只有梁启超[23]先生了,但可惜西学不大贯,所以配上一个北大教授李四光[24]先生做副馆长,凑成一个中外兼通的完人。然而两位的薪水每月就要一千多,所以此后也似乎不大能够多买书籍。这也就是所谓"有利必有弊"罢,想到这里,我们就更不能不痛切地感到"孤桐先生"独力购置的几房子好书惨遭散失之可惜了。

总之,在近几年中,是未必能有较好的"做学问的工具"的,学者要用功,只好是自己买书读,但又没有钱。听说"孤桐先生"倒是想到了这一节,曾经发表过文章,然而下台了,很可惜。[25]学者们另外还有什么法子呢,自然"也难怪他们除了说说'闲话'便没有什么可干",虽然北京三十多个大学还不及他们"私人的书多"。为什么呢?要知道做学问不是容易事,"也许一个小小的题目得参考百十种书",连"孤桐先生"的藏书也未必够用。陈源教授就举着一个例:"就以'四书'[26]来说"罢,"不研究汉宋明清许多儒家的注疏理论,'四书'的真正意义是不易领会的。短短的一部'四书',如果细细的研究起来,就得用得了几百几千种参考书"。

这就足见"学问之道,浩如烟海"了,那"短短的一部'四书'",我是读过的,至于汉人的"四书"注疏或理论,却连听也没有听过。陈源教授所推许为"那样提倡风雅的封藩大臣"之一张之洞先生在做给"束发小生"们看的《书目答问》上曾经说:"'四书',南宋以后之名。"[27]我向来就相信他的话,此后翻翻《汉书艺文志》,《隋书经籍志》[28]之类,也只有"五经","六经","七经","六艺",[29]却没有"四书",更何况汉人所做的注疏和理论。但我所参考的,自然不过是通常书,北京大学的图书馆里就有,见闻寡陋,也未可知,然而也只得这样就算了,因为即使要"抱",却连"佛脚"都没有。由此想来,那能"抱佛脚"的,肯"抱佛脚"的,的确还是真正的福人,真正的学者了。他"家翰笙"还慨乎言之,大约是"《春秋》责备贤者"[30]之意罢。

完

现在不高兴写下去了,只好就此完结。总之:将《现代评论增刊》略翻一遍,就觉得五光十色,正如看见有一回广告上所开列的作者的名单。例如李仲揆教授的《生命的研究》呀,胡适[31]教授的《译诗三首》呀,徐志摩[32]先生的译诗一首呀,西林[33]氏的《压迫》呀,陶孟和[34]教授的要到二〇二五年才发表而必须我们的玄孙才能全部拜读的大著作的一部分呀……。但是,翻下去时,不知怎的我的眼睛却看见灰色了,于是乎抛开。

现在的小学生就能玩七色板,将七种颜色涂在圆板上,停着的时候,是好看的,一转,便变成灰色,——本该是白色的罢,可是涂得不得法,变成灰色了。收罗许多著名学者的大著作的大报,自然是光怪陆离,但也是转不得,转一周,就不免要显出灰色来,虽然也许这倒正是它的特色。

一月三日。

* * *

〔1〕 本篇最初发表于1926年1月18日《语丝》周刊第六十二期。

〔2〕 陈源(1896—1970) 字通伯,笔名西滢,江苏无锡人,现代

评论派的主要成员。曾留学英国,当时任北京大学教授。

〔3〕 《现代评论》 综合性周刊,1924年12月创刊于北京,1927年移至上海出版,1928年底出至第九卷第二〇九期停刊。署"现代评论社"编,主要撰稿人有胡适、陈西滢、王世杰、唐有壬、徐志摩等,当时被称为"现代评论派"。在1925年北京女师大风潮及其后的五卅运动、三一八惨案中,发表过不少诋毁群众运动的言论。陈西滢在《现代评论》第三卷第五十六期(1926年1月2日)发表的《闲话》中称:"我们新年的决心,不如就说以后永远的不管人家的闲事吧。"因为,据他说,"中国爱管闲事的人太少",所以像他这样爱"代人抱不平",遇到"许多看不过眼的事情,不得不说两句话"的人,"就常常惹了祸了"。这是他为自己前一年帮助章士钊和杨荫榆压迫学生的种种言行所作的辩护。

〔4〕 "可惜" 此语原为陈西滢对于鲁迅等七教员关于北京女子师范大学风潮的宣言的讥评。陈在《现代评论》第一卷第二十五期(1925年5月30日)发表的《闲话》中说:"这个宣言语气措词,我们看来,未免过于偏袒一方,不大公允,看文中最精彩的几句就知道了。……这是很可惜的。"

〔5〕 五色旗 民国成立后至1927年这一时期中国的国旗,红黄蓝白黑五色横列。

〔6〕 请酒开会 在女师大风潮中,杨荫榆曾一再利用宴会方式,笼络教员,策划压迫学生。在章士钊解散女师大另办女子大学后,女师大部分师生另在宗帽胡同租屋上课,后于1925年11月30日返回原校址复校。12月14日,女子大学也用宴会方式宴请反对学潮的"教育界名流"。陈西滢、王世杰、燕树棠等人在席上成立"教育界公理维持会"(次日改名"国立女子大学后援会"),于12月16日在《致北京国立各校教职员联席会议函》中说:"同人等以为女师大应否恢复,目的如何,另属一问题,而少数人此种横暴行为,理应在道德上加以切实否认。"

〔7〕 1925年8月,章士钊决定在女师大校址另立女子大学,19日派专门教育司司长刘百昭前往筹备。刘于22日在军警配合下雇用打手、女仆等殴曳学生出校。

〔8〕 莎士比亚(W. Shakespeare,1564—1616) 英国戏剧家、诗人,欧洲文艺复兴时期文学上的主要代表人物之一。作品有《仲夏夜之梦》、《罗密欧与朱丽叶》、《哈姆雷特》等戏剧三十七种及十四行诗等。塞文狄斯(M. de Cervantes,1547—1616),通译塞万提斯,欧洲文艺复兴时期西班牙作家,著有长篇小说《堂吉诃德》等。芮恩施(P. S. Reinsch,1869—1923),曾任美国威斯康星大学教授,1913年至1919年任美国驻华公使。罗家伦在《新潮》第一卷第一号(1919年1月)发表的《今日中国之小说界》中,曾引芮恩施的话来作为"外国人之中国人译外国小说观"的论据,并称他"是美国一位很大的学者"。这里所说的"因为在讲什么文艺学术的一篇论文上见过他的名字",即指罗家伦的这篇论文。

〔9〕 "邻猫生子" 指梁启超在《中国史界革命案》中引英国斯宾塞的话:"或有告者曰:邻家之猫,昨日产一子,以云事实,诚事实也;然谁不知为无用之事实乎?何也?以其与他事毫无关涉,于吾人生活上之行为,毫无影响也。"

〔10〕 "如苍生何" 语出《世说新语·排调》:谢安"屡违朝旨,高卧东山,诸人每相与言:安石(按谢安的字)不肯出,将如苍生何!"后常用作"斯人不出,如苍生何!"

〔11〕 沙滩 北京地名,当时北京大学第一院所在地。下文的南池子,也是北京地名。

〔12〕 大琦 即王品青(?—1927),河南济源人,北京大学毕业,《语丝》撰稿人。曾任北京孔德学校教员。下文所说他留赠作者的《现代评论增刊》,即《〈现代评论〉第一周年纪念增刊》(1926年1月1日)。

〔13〕他"家翰笙" 指陈翰笙（1897—2004），江苏无锡人，社会学家，当时任北京大学教授。他曾在《现代评论》第三卷第五十三期（1925年12月12日）发表《临时抱佛脚》一文，说北京政治学会图书馆藏书在一万册以上，"会员里十九是留学欧美归国的人"；他根据馆内借书统计表，指出1925年因有"沪案（按即五卅惨案）和关会（按即关税会议）两个热闹的时务题目"，借书的人数较前一年大为增多；因而他用"临时抱佛脚"这句俗谚来形容当时学术界大部分人平时的"懒惰"。陈西滢在《〈现代评论〉第一周年纪念增刊》发表的《做学问的工具》一文中引用陈翰笙的话，称他为"'吾家'翰笙"。

〔14〕溥仪 爱新觉罗溥仪（1906—1967），清朝末代皇帝宣统。庄士敦（1874—1938），英国人。曾任威海卫"英国租借地行政长官"，1919年起，任溥仪的英文教师，以后即长期和溥仪保持密切关系。1924年春夏间，曾与金梁、康有为等密谋复辟；同年11月溥仪被逐出宫后，他又与郑孝胥等于12月护送溥仪逃往日本使馆。

〔15〕章士钊（1881—1973） 字行严，湖南善化（今属长沙）人。辛亥革命前曾参加反清活动，民国后任北京大学教授、广东军政府秘书长等职。1924年至1926年间任段祺瑞执政府司法总长兼教育总长；同时创办《甲寅》周刊，提倡尊孔读经，反对新文化运动。后来转向同情革命。他早年署名青桐，后改秋桐，自1925年7月创办《甲寅》周刊时起，又改署孤桐（见《甲寅》周刊第一号《字说》）。陈西滢在文章中常称他为"孤桐先生"。

〔16〕1925年11月28日，北京民众为要求关税自主和反对段祺瑞政府举行示威游行。群众对于段祺瑞及其下属如章士钊、朱深等人深为愤恨，游行时曾到他们的住宅示威；事后，章士钊即写了一篇《寒家再毁记》（按同年5月7日，因章士钊禁止学生纪念国耻，学生曾赴章宅质问，发生冲突，因此他称这次为"再毁"），说他"家中所有。以中西书

籍为第一项。……西籍为愚历年续续购办。哲学政计诸门差完。……最后一批。乃两年前在柏林所得。甚称富有。"又说当日群众"一拥而入。遇物即毁。……自插架以至案陈。凡书之属无完者。"（见1925年12月5日《甲寅》周刊第一卷第二十一号）接着，陈西滢在《做学问的工具》一文里又附和说："孤桐先生在英国德国买的书是我亲自看见的。他柏林寓中两间屋，几乎满床满架满桌满地，都是关于社会主义的德文书。我不知道这些书都在北京否。从《寒家再毁记》看来，好像他们夫妇两位的藏书都散失了。这真是很可惜的。"

〔17〕 刘百昭（1893—?） 字可亭，湖南武冈人，曾留学德国。在章士钊任教育总长时期任教育部专门教育司司长兼北京艺术专门学校校长。1925年11月28日北京民众因要求关税自主示威游行时，刘的住宅也受到冲击，他便乘机吞没存放家中的艺专公款八千元，捏词呈报教育部说公款全数被劫，无法赔垫。

〔18〕 火神庙 在北京琉璃厂。旧时每年夏历正月初一至十五庙会期间，设有很多临时性的古玩玉器摊。

〔19〕 "打落门牙" 1925年10月26日，段祺瑞政府邀请英、美、法等十二国在北京召开所谓"关税特别会议"，企图与各帝国主义国家成立新的关税协定。北京各学校、各团体五万余人当日在天安门集会反对，主张关税自主；赴会群众遭到大批武装警察阻止和殴打，受伤十余人，被捕数人。次日，《社会日报》等登载不符事实的消息说："周树人（北大教员）齿受伤，脱落门牙二"（参看《坟·从胡须说到牙齿》）。

〔20〕 "交臂失之" 语出《庄子·田子方》："吾终身与汝交一臂而失之。"

〔21〕 陈西滢在《做学问的工具》里颂扬芮恩施说："我想着要是那时美国公使莱恩施没有竭力的提倡，组织什么政治学会，办什么图书馆，那么今年不要说有了两个热闹的时务题目，就有了二十个热闹的时

务题目,也就要借书也无从借起了。"

〔22〕 美国退还的赔款　指1901年《辛丑条约》规定的"庚子赔款"中尚未付给美国的部分。美国在所谓"资助"我国教育文化事业的名义下,于1908年第一次将赔款中的一部分退还我国;1924年又决定将余款全数退还。这里所说用以扩充北京图书馆的经费,即在第二次退款之内。

〔23〕 梁启超(1873—1929)　字卓如,号任公,广东新会人。清末与康有为同为戊戌维新运动的主要领导人,失败后逃亡日本。1902年在东京创办《新民丛报》,鼓吹君主立宪,反对孙中山领导的民主革命运动。辛亥革命后,历任北洋政府司法、财政总长,清华学校研究院教授。著有《饮冰室文集》等。

〔24〕 李四光(1889—1971)　原名仲揆,字福生,湖北黄冈人,地质学家。曾留学英国,当时任北京大学教授。

〔25〕 陈西滢在《做学问的工具》里说过这样的话:"要学者去弄他们的学问,最重要的,第一,便是学者能有固定的收入,不至于镇天的忧柴愁米;第二,便是供给他们比较完善的做学问的工具。……孤桐先生在他未下台以前,曾经发表了两篇文章。他对于学者宜有固定收入是看得很清楚的,然而第二种要求他似乎没看到。"参看本书《不是信》第六段。

〔26〕 "四书"　指儒家经典《大学》、《中庸》、《论语》、《孟子》。北宋时程颢、程颐特别推崇《礼记》中的《大学》、《中庸》二篇;南宋朱熹又将这两篇和《论语》、《孟子》合在一起,撰写《四书章句集注》,才有了"四书"这个名称。它是旧时学塾中的必读书。

〔27〕 张之洞(1837—1909)　字孝达,河北南皮人,清末提倡"洋务运动"的大臣。曾任四川学政、湖广总督。"提倡风雅的封疆大臣",是陈西滢在《做学问的工具》里推崇他的话。《书目答问》,张之洞在四

14

川学政任内所著,成于1875年(清光绪元年),一说为缪荃孙代笔。"'四书',南宋以后之名",见该书经部第二。"束发小生",1925年,章士钊因禁止学生纪念"五七"国耻而遭到反对,他在给段祺瑞的辞呈中说:"夫束发小生。千百成群。至以本管长官之进退。形诸条件。"束发,我国古代男孩到成童的年龄时束发成髻,故以束发代指成童。章士钊说的"束发小生"含有轻视之意,近似俗语"毛头小子"。

〔28〕《汉书艺文志》 《汉书》,东汉班固撰。其中《艺文志》是当时所存各种书籍名目的汇编,为我国最早的书目。《隋书经籍志》,《隋书》,唐代魏徵等撰。其中《经籍志》性质和《汉书艺文志》同。

〔29〕"五经" 指《诗》、《书》、《礼》、《易》、《春秋》。"六经","五经"加上《乐经》。"七经","五经"加上《论语》、《孝经》。"六艺",这里指"六经"。

〔30〕"《春秋》责备贤者" 语出《新唐书·太宗本纪》:"《春秋》之法,常责备于贤者。"这里是求全责备的意思。

〔31〕 胡适(1891—1962) 字适之,安徽绩溪人。早年留学美国,归国后倡导新文化运动。当时任北京大学教授,是现代评论派主要成员之一。他发表在《〈现代评论〉第一周年纪念增刊》上的《译诗三首》,是英国诗人勃朗宁的《清晨的分别》、雪莱的《给——》、哈代的《月光里》。

〔32〕 徐志摩(1897—1931) 名章垿,字志摩,浙江海宁人。先后留学欧美,曾任北京大学教授,《晨报副刊》编辑,是新月派诗人,现代评论派主要成员之一。著有《志摩的诗》、《猛虎集》等。他发表在《〈现代评论〉第一周年纪念增刊》上的"译诗一首",是英国诗人罗赛蒂的《图尔的约翰》。

〔33〕 西林 丁燮林(1893—1974),字巽甫,笔名西林,江苏泰兴人,物理学家、剧作家。早年留学英国,当时任北京大学教授。《压迫》

是他所作的一个独幕剧。

〔34〕 陶孟和(1888—1960) 名履恭,字孟和,天津人,社会学家。当时任北京大学教授,《现代评论》的经常撰稿人。他在该刊《第一周年纪念增刊》上曾发表《现代教育界的特色》一文,题下自注:"这是要到二〇二五年才可以发表——假使当时的状况允许——的一部著作里的几节。"

有趣的消息[1]

虽说北京像一片大沙漠,青年们却还向这里跑;老年们也不大走,即或有到别处去走一趟的,不久就转回来了,仿佛倒是北京还很有什么可以留恋。厌世诗人的怨人生,真是"感慨系之矣",然而他总活着;连祖述释迦牟尼先生的哲人叔本华尔也不免暗地里吃一种医治什么病症的药,不肯轻易"涅槃"[2]。俗语说:"好死不如恶活",这当然不过是俗人的俗见罢了,可是文人学者之流也何尝不这样。所不同的,只是他总有一面辞严义正的军旗,还有一条尤其义正辞严的逃路。真的,倘不这样,人生可真要无聊透顶,无话可说了。

北京就是一天一天地百物昂贵起来;自己的"区区金事",又因为"妄有主张"[3],被章士钊先生革掉了。向来所遭遇的呢,借了安特来夫的话来说,是"没有花,没有诗"[4],就只有百物昂贵。然而也还是"妄有主张",没法回头;倘使有一个妹子,如《晨报副刊》[5]上所艳称的"闲话先生"的家事似的,叫道:"阿哥!"那声音正如"银铃之响于幽谷",向我求告,"你不要再做文章得罪人家了,好不好?"我也许可以借此拨转马头,躲到别墅里去研究汉朝人所做的"四书"注疏和理论去。然而,惜哉,没有这样的好妹子;"女嬃之婵媛兮,申申其詈予,曰:鲧婞直以亡身兮,终然殀乎羽之野。"连有一个那样凶姊姊的幸福也不及屈灵均[6]。我的终于"妄有主张",或者也许是无可推托之故罢。然而这关系非同小可,将来怕要遭殃了,因为我知道,得罪人是要得到报应的。

话要回到释迦先生的教训去了,据说:活在人间,还不如下地狱的稳妥。做人有"作"就是动作(=造孽),下地狱却只有"报"(=报应)了;所以生活是下地狱的原因,而下地狱倒是出地狱的起点。这样说来,实在令人有些想做和尚,但这自然也只限于"有根"[7](据说,这是"一句天津话")的大人物,我却不大相信这一类鬼画符。活在沙漠似的北京城里,枯燥当然是枯燥的,但偶然看看世态,除了百物昂贵之外,究竟还是五花八门,创造艺术的也有,制造流言的也有,肉麻的也有,有趣的也有……这大概就是北京之所以为北京的缘故,也就是人们总还要奔凑聚集的缘故。可惜的是只有一些小玩意,老实一点的朋友就难于给自己竖起一杆辞严义正的军旗来。

我一向以为下地狱的事,待死后再对付,只有目前的生活的枯燥是最可怕的,于是便不免于有时得罪人,有时则寻些小玩意儿来开开笑口,但这也就是得罪人。得罪人当然要受报,那也只好准备着,因为寻些小玩意儿来开开笑口的是更不能竖起辞严义正的军旗来的。其实,这里也何尝没有国家大事的消息呢,"关外战事不日将发生"呀,"国军一致拥段"[8]哪,有些报纸上都用了头号字煌煌地排印着,可以刺得人们头昏,但于我却都没有什么鸟趣味。人的眼界之狭是不大有药可救的,我近来觉得有趣的倒要算看见那在德国手格盗匪若干人,在北京率领三河县老妈子一大队的武士刘百昭校长居然做骈文,大有偃武修文之意了;而且"百昭海邦求学,教部备员,多艺之誉愧不如人,审美之情差堪自信",还是一位文武全才,我先前实在没有料想到。[9]第二,就是去年肯管闲事的"学者",今年不管闲事了,在年底结清帐目的办法,原来不止是掌柜之于流水簿,也可以适用于"正人君子"的行为的。或者,"阿哥!"这一声叫,正在中华民国十四年十二月卅一日的夜间十二点钟罢。

但是,这些趣味,刹那间也即消失了,就是我自己的思想的变动,也诚然是可恨。我想,照着境遇,思想言行当然要迁移,一迁移,当然会有所以迁移的道理。况且世界上的国庆很不少,古今中外名流尤其多,他们的军旗,是全都早经竖定了的。前人之勤,后人之乐,要做事的时候可以援引孔丘墨翟,不做事的时候另外有老聃,[10]要被杀的时候我是关龙逄,要杀人的时候他是少正卯,[11]有些力气的时候看看达尔文赫胥黎的书,要人帮忙就有克鲁巴金的《互助论》,[12]勃朗宁夫妇[13]岂不是讲恋爱的模范么,叔本华尔和尼采[14]又是咒诅女人的名人,……归根结蒂,如果杨荫榆或章士钊可以比附到犹太人特莱孚斯去,则他的篾片就可以等于左拉等辈了。这个时候,可怜的左拉要被中国人背出来;幸而杨荫榆或章士钊是否等于特莱孚斯,也还是一个大疑问。[15]

然而事情还没有这么简单,中国的坏人(如水平线下的文人和学棍学匪之类[16]),似乎将来要大吃其苦了,虽然也许要在身后,像下地狱一般。但是,深谋远虑的人,总还以从此小心，不要多说为稳妥。你以为"闲话先生"真是不管闲事了么？并不然的。据说他是要"到那天这班出锋头的人们脱尽了锐气的日子，我们这位闲话先生正在从容的从事他那'完工的拂拭'(The finishing touch)，笑吟吟的擎着他那枝从铁杠磨成的绣针，讽刺我们情急是多么不经济的一个态度，反面说只有无限的耐心才是天才唯一的凭证"。[17]（《晨报副刊》一四二三）

后出者胜于前者，本是天下的平常事情，但除了堕落的民族。即以衣服而论，也是由裸体而用会阴带或围裙，于是有衣裳，衮冕。我们将来的天才却特异的，别人系了围裙狂跳时，他却躲在绣房里刺绣，——不，磨绣针。待到别人的围裙全数破旧，他却穿了绣花衫子站出来了。大家只好说道"阿！"可怜的性急的野蛮人，竟连围裙也不知道换一条，怪不得锐气终于脱尽；脱尽犹可，还要看那"笑吟吟"的"讽刺"的"天才"脸哩，这实在是对于灵魂的鞭责，虽说还在辽远的将来。

还有更可怕的，是我们风闻二〇二五年一到，陶孟和教授要发表一部著作。内容如何，只有百年后的我们的曾孙或玄孙们知道罢了，但幸而在《现代评论增刊》上提前发表了几节，所以我们竟还能"管中窥豹"[18]似的，略见这一部新书的大概。那是讲"现代教育界的特色"的，连教员的"兼课"之多也说在内。[19]他问："我的议论太悲观，太刻薄，太荒诞吗？我深愿受这个批评，假使事实可以证明。"这些批评我们且俟之百年之后，虽然那时也许无从知道事实；典籍呢，大概也只有"笑吟吟的"佳作留传。要是当真这样，那大半是"英雄所见略同"的,后人总不至于以为刻薄罢。但我们也难于悬揣,不过就今论今,似乎颇有些"孔子作《春秋》,而乱臣贼子惧"[20]之意了。人们不逢如此盛事者,盖已将二千四百年云。

总之:百年以内,将有陈源教授的许多(?)书,百年以后,将有陶孟和教授的一部书出现。内容虽然不知道怎样,但据目下所走漏的风声看起来,大概总是讽刺"那班出锋头的人们",或"驰驱九城"的教授的。

我常常感叹,印度小乘教[21]的方法何等厉害:它立了地狱之说,借着和尚,尼姑,念佛老妪的嘴来宣扬,恐吓异端,使心志不坚定者害怕。那诀窍是在说报应并非眼前,却在将来百年之后,至少也须到锐气脱尽之时。这时候你已经不能动弹了,只好听别人摆布,流下鬼泪,深悔生前之妄出锋头;而且这时候,这才认识阎罗大王的尊严和伟大。

这些信仰,也许是迷信罢,但神道设教,于"挽世道而正人心"的事,或者也还是不无裨益。况且,未能将坏人"投畀豺虎"[22]于生前,当然也只好口诛笔伐之于身后,孔子一车两马,倦游各国以还,抽出钢笔来作《春秋》,盖亦此志也。

但是,时代迁流了,到现在,我以为这些老玩意,也只好骗骗极端老实人。连闹这些玩意儿的人们自己尚且未必信,更何况所谓坏人们。得罪人要受报应,平平常常,并不见得怎样奇特,有时说些宛转的话,是姑且客气客气的,何尝想借此免于下地狱。这是无法可想的,在我们不从容的人们的世界中,实在没有那许多工夫来摆臭绅士的臭架子了,要做就做,与其说明年喝酒,不如立刻喝水;待廿一世纪的剖拨戮尸,倒不如马上就给他一个嘴巴。至于将来,自有后起的人们,决不是现在人即将来所谓古人的世界,如果还是现在的世界,中国就会完!

一月十四日。

※　　※　　※

〔1〕 本篇最初发表于1926年1月19日《国民新报副刊》。

〔2〕 释迦牟尼(约前565—前486) 佛教创始人。勖本华尔,即叔本华(1788—1860),德国哲学家,唯意志论者。这里说他"祖述释迦牟尼",是因为他的思想曾部分地受了印度佛教哲学的影响。他死后,从他的书籍里曾发现医治梅毒的药方,这里说他"暗地里吃一种医治什么病症的药",即指此事。涅槃,佛家语,梵文 Nirvāna 的音译。原指佛和高僧经过长期"修道"所达到的"最高境界",即能"寂(熄)灭"、解脱一切烦恼。后世也称佛和僧人的逝世为"涅槃"、"圆寂"或"入灭",由此引申为死的意思。

〔3〕 "区区佥事" 作者在1912年8月被任命为教育部佥事。1925年,因支持女师大学潮,于8月中被章士钊非法免职,为此他向平政院提出控告。当时有人借此攻击他因为失去"区区佥事",所以反对章士钊,没有"学者的态度"。"妄有主张",是章士钊在给平政院答辩书中指责作者的话。

〔4〕 安特来夫(Л. Н. Андреев,1871—1919) 通译安德列耶夫,俄国作家。十月革命后流亡国外。"没有花,没有诗",出自他的小说《红的笑》:"你知道地球已发狂了,已没有花与歌在地球上了。"(据梅川译文)

〔5〕《晨报副刊》 研究系机关报《晨报》的副刊。《晨报》创刊于1916年8月,在北京出版,初名《晨钟报》,1918年12月易名为《晨报》。它的第七版专登文艺类作品,1921年10月12日改名为《晨报副镌》(报眉题为《晨报副刊》)独立出版,曾是新文化运动的重要刊物之一。1921年秋至1924年冬约三年间,由孙伏园编辑。鲁迅经常为该刊写稿。从1925年10月起,由现代评论派徐志摩编辑。徐志摩在1926年1月13日《晨报副刊》发表一篇《"闲话"引出来的闲话》,盛赞陈西滢在《现代评论》第三卷第五十七期(1926年1月9日)谈法朗士的《闲话》,是"一篇可羡慕的妩媚的文章"。因而希望"上帝保佑他以后只说闲话,不再管闲事!"文中曾讲述了一件关于陈西滢的"家事":"'阿哥',他的妹妹一天对他求告,'你不要再作文章得罪人家了,好不好?回头人家来烧我们的家,怎么好?''你趁早把自己的东西,'闲话先生回答说,'清点了开一个单子给我,省得出了事情以后你倒来向我阿哥报虚帐!'"

〔6〕"女嬃之婵媛兮"等语,见屈原《离骚》。女嬃,一般以为是屈原对其姊的称谓。《说文》:"楚人谓姊为嬃。"鲧,夏禹的父亲,相传他因治水无功,被舜杀于羽山。屈灵均,即屈原(约前340—约前278),战国时楚国诗人。

〔7〕"有根" 这是徐志摩称赞陈西滢的话,见他所作《"闲话"引出来的闲话》。参看本书《无花的蔷薇》第七节。

〔8〕"关外战事不日将发生" 1925年11月,奉系将领郭松龄秘密和冯玉祥国民军联合,反对张作霖;不久在日本帝国主义的武装干涉下兵败被杀。但驻守榆关的郭松龄部炮兵旅长魏益三于次年1月3日宣布与国民军合作,改称国民军第四军,继续与张作霖对峙,战争处于一触即发之势。故报上说"关外战事不日将发生"。"国军一致拥段",1926年1月9日,段祺瑞在直奉等军阀的压力下被迫通电辞职。

国民军为了暂时维持现状,曾表示挽留,故报上有"国军一致拥段"之说。这两则新闻标题,《京报》等均以头号字排印。

〔9〕 刘百昭于1925年8月19日,奉章士钊命令接收女师大时,与学生发生冲突,他恐吓学生说:"本人稍娴武术,在德时曾徒手格退盗贼多人。"22日,他又雇用女仆、打手百余人随同巡警将女师大学生殴曳出校。1925年9月至次年1月间,他兼任北京艺术专门学校校长;这里所引的骈文是他为《艺专旬刊》所作的《发刊词》中的句子。按当时北京女佣以河北三河县籍为多,故被泛称为"三河县老妈子"。

〔10〕 孔丘(前551—前479) 即孔子,儒家创始人。墨翟(约前468—前376),即墨子,墨家创始人。老聃(约前571—?),即老子,道家创始人。过去一般认为,在对待现实生活的态度上,儒家、墨家都是主张"有所为"的,他们各自提出一套治理国家的学说,而道家则是主张"无为"而治的。

〔11〕 关龙逄 夏桀的臣子,因谏桀作酒池被杀。少正卯,春秋时鲁国大夫。据说他聚徒讲学,使"孔子之门三盈三虚"(据东汉王充《论衡·讲瑞》),孔子任鲁国司寇时,以"乱政"的罪名将他杀害。

〔12〕 达尔文(C. R. Darwin,1809—1882) 英国生物学家,进化论的奠基人。主要著作有《物种起源》等。赫胥黎(T. H. Huxley,1825—1895),英国生物学家,达尔文学说的积极支持者和宣传者。主要著作有《人类在自然界中的位置》等。他们认为生物在进化过程中必然要经历剧烈的生存斗争。克鲁巴金(П. А. Кропоткин,1842—1921),通译克鲁泡特金,俄国无政府主义者。他在所著《互助论》中,认为生物进化和人类发展,都有赖于互助,主张用互助的办法来解决社会矛盾。

〔13〕 勃朗宁夫妇 勃朗宁(R. Browning,1812—1889)和勃朗宁夫人(E. Browning,1806—1861),都是英国诗人。他们曾不顾勃朗宁夫

人父亲的反对,秘密结婚并脱离家庭远走意大利。

〔14〕 尼采(F. Nietzsche,1844—1900) 德国哲学家。唯意志论者。他和叔本华都反对妇女解放。叔本华在《妇女论》中诬蔑妇女虚伪、虚荣、无知、缺乏思想,是"本来不配做什么伟大的工作"的人;尼采在《扎拉图斯特拉如是说》中说,"妇女必须服从","你到女人那里去的时候,不要忘记带一根鞭子"。

〔15〕 杨荫榆(1884—1938) 江苏无锡人。曾留学日本、美国,当时任国立北京女子师范大学校长,因压制学生引发学潮。特莱孚斯(A. Dreyfus),法国犹太籍军官。他在1894年受到军事当局诬告,以泄漏军事机密罪被判处终身苦役。此案曾引起各界进步人士的不满。1897年经人查明真相,要求复审,又未获准。左拉(É. Zola,1840—1902),法国作家,著有长篇小说《萌芽》、《崩溃》、《娜娜》等。他在1897年对此案的材料作了研究后,确信特莱孚斯是无辜的,就给法国总统佛尔写了一封《我控诉》的公开信,控诉法国政府、法庭和总参谋部违反法律和人权。结果左拉被判一年徒刑和罚金,被迫逃往英国伦敦。此案因而引起很大的反响,终于在1906年撤销前判,特莱孚斯仍复军职。陈西滢在《现代评论》第三卷第五十六期(1926年1月2日)发表的那篇声明"不管闲事"的《闲话》里,把杨荫榆、章士钊比附为特莱孚斯而隐以左拉自况。篾片,豪门帮闲的俗称。

〔16〕 水平线下 当时现代评论社在《现代丛书》广告中,自称他们出版的作品"不会有一本无价值的书,一本读不懂的书,一本在水平线下的书"。学棍学匪,参看本书《学界的三魂》及其注〔1〕、〔2〕。当时现代评论派一些人也对鲁迅进行类似的攻击。

〔17〕 这一段也是徐志摩在《"闲话"引出来的闲话》中称赞陈西滢的话。

〔18〕 "管中窥豹" 语出《晋书·王献之传》:"管中窥豹,时见

一斑。"

〔19〕 陶孟和在《现代教育界的特色》一文中说,当时教育界的特色之一是"教育的商业化"。"一种是以授课为营业,……便是俗所谓兼课。……这个时代,学校太多,学者太少,这个僧少粥多的状况,不得不稍牺牲大学者的光阴。所以除了那些蠢笨无学识的,不得不只依赖一个学校收入吃饭的以外,硕学醇儒便不得不在一星期里驰驱——如在北京——于九城之中。"这里的"驰驱于九城"即奔走于北京全城的意思。北京有正阳、崇文、宣武、安定、德胜、东直、西直、朝阳、阜成等九座城门,故以"九城"统称北京全城。

〔20〕 "孔子作《春秋》,而乱臣贼子惧" 语出《孟子·滕文公(下)》:"世衰道微,邪说暴行有作,臣弑其君者有之,子弑其父者有之。孔子惧,作《春秋》……孔子成《春秋》,而乱臣贼子惧。"

〔21〕 小乘教 早期佛教的主要流派,注重个人的修行持戒,自我解脱,自认为是佛教的正统派。它宣传人死后"神不灭"、轮回、因果报应等等,旧时影响很大。

〔22〕 "投畀豺虎" 语出《诗经·小雅·巷伯》:"取彼谮人,投畀豺虎。"1925年12月16日,"国立女子大学后援会"在《致北京国立各校教职员联席会议函》中曾用此语咒骂支持学潮的女师大教员,其中说:"对于此次女师大非法之恢复,决不能迁就事实,予以正式之承认,而于该校附和暴徒,自堕人格之教职员,即不能投畀豺虎,亦宜屏诸席外,勿与为伍。"

学界的三魂[1]

从《京报副刊》[2]上知道有一种叫《国魂》[3]的期刊,曾有一篇文章说章士钊固然不好,然而反对章士钊的"学匪"们也应该打倒。我不知道大意是否真如我所记得？但这也没有什么关系,因为不过引起我想到一个题目,和那原文是不相干的。意思是,中国旧说,本以为人有三魂六魄,或云七魄；国魂也该这样。而这三魂之中,似乎一是"官魂",一是"匪魂",还有一个是什么呢？也许是"民魂"罢,我不很能够决定。又因为我的见闻很偏隘,所以未敢悉指中国全社会,只好缩而小之曰"学界"。

中国人的官瘾实在深,汉重孝廉而有埋儿刻木,[4]宋重理学[5]而有高帽破靴,清重帖括[6]而有"且夫""然则"。总而言之：那魂灵就在做官,——行官势,摆官腔,打官话。顶着一个皇帝做傀儡,得罪了官就是得罪了皇帝,于是那些人就得了雅号曰"匪徒"。学界的打官话是始于去年,凡反对章士钊的都得了"土匪","学匪","学棍"的称号,但仍然不知道从谁的口中说出,所以还不外乎一种"流言"。

但这也足见去年学界之糟了,竟破天荒的有了学匪。以大点的国事来比罢,太平盛世,是没有匪的；待到群盗如毛时,看旧史,一定是外戚,宦官,奸臣,小人当国,即使大打一通官话,那结果也还是"呜呼哀哉"。当这"呜呼哀哉"之前,小民便大抵相率而为盗,所以我相信源增[7]先生的话:"表面上看只是些土匪与强盗,其实是农民革命军。"(《国民新报副刊》四三)那么,社会不是改进了么?并不,我虽然也是被谥为"土匪"之一,却并不想为老前辈们饰非掩过。农民是不来夺取政权的,源增先生又道:"任三五热心家将皇帝推倒,自己过皇帝瘾去。"但这时候,匪便被称为帝,除遗老外,文人学者却都来恭维,又称反对他的为匪了。

所以中国的国魂里大概总有这两种魂:官魂和匪魂。这也并非硬要将我辈的魂挤进国魂里去,贪图与教授名流的魂为伍,只因为事实仿佛是这样。社会诸色人等,爱看《双官诰》[8],也爱看《四杰村》[9],望偏安巴蜀的刘玄德成功,也愿意打家劫舍的宋公明[10]得法;至少,是受了官的恩惠时候则艳羡官僚,受了官的剥削时候便同情匪类。但这也是人情之常;倘使连这一点反抗心都没有,岂不就成为万劫不复的奴才了?

然而国情不同,国魂也就两样。记得在日本留学时候,有些同学问我在中国最有大利的买卖是什么,我答道:"造反。"他们便大骇怪。在万世一系的国度里,那时听到皇帝可以一脚踢落,就如我们听说父母可以一棒打杀一般。为一部分士女所心悦诚服的李景林[11]先生,可就深知此意了,要是报纸上所传非虚。今天的《京报》即载着他对某外交官的谈话道:"予预计于旧历正月间,当能与君在天津晤谈;若天津攻击竟至失败,则拟俟三四月间卷土重来,若再失败,则暂投土匪,徐养兵力,以待时机"云。但他所希望的不是做皇帝,那大概是因为中华民国之故罢。

所谓学界,是一种发生较新的阶级,本该可以有将旧魂灵略加湔洗之望了,但听到"学官"的官话,和"学匪"的新名,则似乎还走着旧道路。那末,当然也得打倒的。这来打倒他的是"民魂",是国魂的第三种。先前不很发扬,所以一闹之后,终不自取政权,而只"任三五热心家将皇帝推倒,自己过皇帝瘾去"了。

惟有民魂是值得宝贵的,惟有他发扬起来,中国才有真进步。但是,当此连学界也倒走旧路的时候,怎能轻易地发挥得出来呢?在乌烟瘴气之中,有官之所谓"匪"和民之所谓匪;有官之所谓"民"和民之所谓民;有官以为"匪"而其实是真的国民,有官以为"民"而其实是衙役和马弁。所以貌似"民魂"的,有时仍不免为"官魂",这是鉴别魂灵者所应该十分注意的。

话又说远了,回到本题去。去年,自从章士钊提了"整顿学风"[12]的招牌,上了教育总长的大任之后,学界里就官气弥漫,顺我者"通"[13],逆我者"匪",官腔官话的余气,至今还没有完。但学界却也幸而因此分清了颜色;只是代表官魂的还不是章士钊,因为上头还有"减膳"执政[14]在,他至多不过做了一个官魄;现在是在天津"徐养兵力,以待时机"了。[15]我不看《甲寅》[16],不知道说些什么话:官话呢,匪话呢,民话呢,衙役马弁话呢?……

一月二十四日。

※　　※　　※

〔1〕 本篇最初发表于1926年2月1日《语丝》周刊第六十四期。

本文发表时篇末有作者的《附记》如下："今天到东城去教书,在新潮社看见陈源教授的信,在北京大学门口看见《现代评论》,那《闲话》里正议论着章士钊的《甲寅》,说'也渐渐的有了生气了。可见做时事文章的人官实在是做不得的,……自然有些"土匪"不妨同时做官僚,……'这么一来,我上文的'逆我者"匪"','官腔官话的余气'云云,就又有了'放冷箭'的嫌疑了。现在特地声明:我原先是不过就一般而言,如果陈教授觉得痛了,那是中了流弹。要我在'至今还没有完'之后,加一句'如陈源等辈就是',自然也可以。至于'顺我者"通"'的通字,却是此刻所改的,那根据就在章士钊之曾称陈源为'通品'。别人的褒奖,本不应拿来讥笑本人,然而陈源现就用着'土匪'的字样。有一回的《闲话》(《现代评论》五十)道:'我们中国的批评家实在太宏博了。他们……在地上找寻窃贼,以致整大本的剽窃,他们倒往往视而不见。要举个例么?还是不说吧,我实在不敢再开罪"思想界的权威"。'按照他这回的慷慨激昂例,如果要免于'卑劣'且有'半分人气',是早应该说明谁是土匪,积案怎样,谁是剽窃,证据如何的。现在倘有记得那括弧中的'思想界的权威'六字,即曾见于《民报副刊》广告上的我的姓名之上,就知道这位陈源教授的'人气'有几多。

"从此,我就以别人所说的'东吉祥派'、'正人君子'、'通品'等字样,加于陈源之上了,这回是用了一个'通'字;我要'以眼还眼以牙还牙',或者以半牙,以两牙还一牙,因为我是人,难于上帝似的铢两悉称。如果我没有做,那是我的无力,并非我大度,宽恕了加害于我的敌人。还有,有些下贱东西,每以秽物掷人,以为人必不屑较,一计较,倒是你自己失了人格。我可要照样的掷过去,要是他掷来。但对于没有这样举动的人,我却不肯先动手;而且也以文字为限,'捏造事实'和'散布"流言"'的鬼蜮的长技,自信至今还不屑为。在马弁们的眼里虽然是'土匪',然而'盗亦有道'的。记起一件别的事来了。前几天九校'索薪'的时候,我也当作一个代表,因此很会见了几个前'公理维持会'即'女大后援会'中人。幸而他们倒并不将我捆送三贝子花园或运入深山,'投畀豺虎',也没有实行'割席',将板凳锯开。终于'学官''学匪',都化为'学丐',同聚一堂,大讨其欠账,——自然是讨不来。记得有一个洋鬼子说过:中国先是官国,后来是土匪国,将来是乞丐国。单就学界而论,似乎很有点上这轨道了。想来一定有些人要后悔,去年竟抱了'有奶不是娘'主义,来反对章士钊的罢。

一月二十五日东壁灯下写。"

〔2〕《京报副刊》《京报》的一种副刊,孙伏园编辑,1924年12月创刊。《京报》,邵飘萍(振青)创办的报纸,1918年10月创刊于北京,次年8月曾被段祺瑞查封,1920年9月复刊,1926年4月被奉系军阀张作霖查封。

〔3〕《国魂》 国家主义派所办的一种旬刊,1925年10月在北京创刊,次年1月改为周刊。该刊第九期(1925年12月30日)载有姜华的《学匪与学阀》一文,主要意思是煽动北京的学生起来打倒马裕藻一派的所谓"学匪"(按马裕藻是当时反对章士钊、杨荫榆的女师大教员之一);但也故作公正地小骂了章士钊几句。这里说到《京报副刊》,是因为1926年1月10日该刊载有何曾亮(即周作人)驳斥姜华的《国魂之学匪观》一文。

〔4〕 汉朝选用人材的制度中,有推举"孝子"和"廉士"做官的办法,因此社会上产生了许多虚伪矫情的事情。《太平御览》卷四一一引刘向《孝子图》记郭巨埋儿的事说:"郭巨,河内温人。甚富,父没,分财二千万为两,分与两弟,己独取母供养。……妻产男,虑养之则妨供养,

乃令妻抱儿,欲掘地埋之。于土中得金一釜,上有铁券云:'赐孝子郭巨。'……遂得兼养儿。"又卷四八二引干宝《搜神记》记丁兰刻木的事说:"丁兰,河内野王人。年十五,丧母,乃刻木作母事之,供养如生。邻人有所借,木母颜和则与,不和不与。后邻人忿兰,盗斫木母,应刀血出。兰乃殡殓,报仇。汉宣帝嘉之,拜中大夫。"

〔5〕 理学 亦称道学,即宋代程颢、程颐、朱熹等人阐释儒家学说而形成的思想体系。当时那些理学家在服装上也往往和一般人不同,如《程氏外书》记程颐的服装说:"先生常服茧袍,高帽檐劣半寸,系绦。曰:此野人之服也。"

〔6〕 帖括 科举考试文体之名。唐代考试制度,明经科以"帖经"试士。《文献通考·选举二》:"凡举司课试之法:帖经者,以所习之经,掩其两端,中间惟开一行,裁纸为帖。"后考生因帖经难记,就总括经文编成歌诀,叫帖括。后世因称科举应试的文章为帖括;这里是指清代的制义,即八股文。"且夫"、"然则",是这一类文字中的滥调。

〔7〕 源增 姓谷,山东文登人,北京大学法文系学生。1926年1月20日《国民新报副刊》载有他翻译的《帝国主义与帝国主义国家的工人阶级》一文,这里的引文即见于该文译后记中。

〔8〕《双官诰》 戏曲名。明代杨善之著有传奇《双官诰》。后来京剧中也有此剧,内容是:薛广出外经商,讹传已死,他的第二妾王春娥守节抚养儿子薛倚。后来薛广做了高官回家,薛倚也及第还乡,由此王春娥便得了双重的官诰。京剧《三娘教子》亦演此故事。

〔9〕《四杰村》 京剧名。故事出自清代无名氏著《绿牡丹》。内容是:骆宏勋被历城县知县贺世赖诬为强盗,在解往京城途中,又被四杰村恶霸朱氏兄弟将囚车夺去,欲加杀害,幸为几个绿林好汉救出,并放火烧了四杰村。

〔10〕 刘玄德(161—223) 名备,字玄德,涿郡涿县(今河北涿

州)人,三国时在西蜀称帝。长篇小说《三国演义》以他作为主要人物之一。宋公明,长篇小说《水浒传》中的主要人物宋江,其原型是北宋末山东一带农民起义的领袖。

〔11〕 李景林(1884—1931) 字芳岑,河北枣强人,奉系军阀,曾任直隶保安司令兼直隶省长等职。1925年冬,奉军郭松龄倒戈与张作霖作战,冯玉祥国民军也乘机对李景林发动攻击,占领天津。李逃匿租界,后于1926年1月到济南收拾残部,与张宗昌联合,组成直鲁联军,任副总司令,伺机反攻。他对某外交官的谈话,就是这时发表的。

〔12〕 "整顿学风" 1925年8月25日,段祺瑞政府内阁会议通过章士钊草拟的"整顿学风令",并由执政府明令发表。其中说:"迩来学风不靖。屡次变端。一部分不职之教职员。与旷课滋事之学生。交相结托。破坏学纪。……倘有故酿风潮。蔑视政令。则火烈水懦之喻。孰杀谁嗣之谣。前例具存。所宜取则。本执政敢先父兄之教。不博宽大之名。依法从事。决不姑贷。"

〔13〕 顺我者"通" 这是对章士钊、陈西滢等人的讽刺。章士钊在他主编的《甲寅》周刊第一卷第二号(1925年7月25日)发表的《孤桐杂记》中曾称赞陈西滢说:"《现代评论》有记者自署西滢。无锡陈源之别字也。陈君本字通伯。的是当今通品。"

〔14〕 "减膳"执政 指段祺瑞。1925年5月,北京学生因章士钊禁止纪念"五七"国耻,于9日向北洋政府临时执政段祺瑞提出罢免章士钊的要求;章即采取以退为进的手段,于十一日向段祺瑞辞职,并在辞呈中向段献媚说:"钊诚举措失当。众怒齐攖。一人之祸福安危。自不足计。万一钧座因而减膳。时局为之不宁。……钊有百身。亦何能赎。"

〔15〕 1925年11月28日,北京群众为反对关税会议要求关税自主举行游行示威,提出"驱逐段祺瑞"、"打死朱深、章士钊"等口号,章士钊即避居天津。

〔16〕《甲寅》 指《甲寅》周刊。章士钊主编的杂志。章曾于1914年5月在日本东京发行《甲寅》月刊,两年后出至第十期停刊。《甲寅》周刊是他任教育总长之后,1925年7月在北京出版的,至1927年2月停刊,共出四十五期。该刊坚持用文言文,内容杂载公文、通讯,鲁迅说它是"自己广告性的半官报"。

古书与白话[1]

记得提倡白话那时,受了许多谣诼诬谤,而白话终于没有跌倒的时候,就有些人改口说:然而不读古书,白话是做不好的。我们自然应该曲谅这些保古家的苦心,但也不能不悯笑他们这祖传的成法。凡有读过一点古书的人都有这一种老手段:新起的思想,就是"异端"[2],必须歼灭的,待到它奋斗之后,自己站住了,这才寻出它原来与"圣教同源";外来的事物,都要"用夷变夏"[3],必须排除的,但待到这"夷"入主中夏,却考订出来了,原来连这"夷"也还是黄帝的子孙。这岂非出人意料之外的事呢?无论什么,在我们的"古"里竟无不包函了!

用老手段的自然不会长进,到现在仍是说非"读破几百卷书者"即做不出好白话文,于是硬拉吴稚晖[4]先生为例。可是竟又会有"肉麻当有趣",述说得津津有味的,天下事真是千奇百怪。其实吴先生的"用讲话体为文",即"其貌"也何尝与"黄口小儿所作若同"。不是"纵笔所之,辄万数千言"么?[5]其中自然有古典,为"黄口小儿"所不知,尤有新典,为"束发小生"[6]所不晓。清光绪末,我初到日本东京时,这位吴稚晖先生已在和公使蔡钧大战了,[7]其战史就有这么长,则见闻之多,自然非现在的"黄口小儿"所能企及。所以他的遣辞用典,有许多地方是惟独熟于大小故事的人物才能够了然，从青年看来，第一是惊异于那文辞的滂沛。这或者就是名流学者们所认为长处的罢，但是，那生命却不在于此。甚至于竟和名流学者们所拉拢恭维的相反，而在自己并不故意显出长处，也无法灭去名流学者们的所谓长处；只将所说所写，作为改革道中的桥梁，或者竟并不想到作为改革道中的桥梁。

愈是无聊赖，没出息的脚色，愈想长寿，想不朽，愈喜欢多照自己的照相，愈要占据别人的心，愈善于摆臭架子。但是，似乎"下意识"[8]里，究竟也觉得自己之无聊的罢，便只好将还未朽尽的"古"一口咬住，希图做着肠子里的寄生虫，一同传世；或者在白话文之类里找出一点古气，反过来替古董增加宠荣。如果"不朽之大业"[9]不过这样，那未免太可怜了罢。而且，到了二九二五年[10]，"黄口小儿"们还要看什么《甲寅》之流，也未免过于可惨罢，即使它"自从孤桐先生下台之后，……也渐渐的有了生气了"[11]。

菲薄古书者，惟读过古书者最有力，这是的确的。因为他洞知弊病，能"以子之矛攻子之盾"[12]，正如要说明吸雅片的弊害，大概惟吸过雅片者最为深知，最为痛切一般。但即使"束发小生"，也何至于说，要做戒绝雅片的文章，也得先吸尽几百两雅片才好呢。

古文已经死掉了；白话文还是改革道上的桥梁，因为人类还在进化。便是文章，也未必独有万古不磨的典则。虽然据说美国的某处已经禁讲进化论了，[13]但在实际上，恐怕也终于没有效的。

一月二十五日。

※　　※　　※

〔1〕 本篇最初发表于1926年2月2日《国民新报副刊》。

〔2〕 "异端" 语出《论语·为政》："子曰：攻乎异端，斯害也已。"

〔3〕 "用夷变夏" 语出《孟子·滕文公（上）》："吾闻用夏变夷者，未闻变于夷者也。"这里指用外来文化同化中国的意思。夷，古人对少数民族或外国的蔑称；夏，即华夏，中国或中华民族的古称。

〔4〕 吴稚晖（1865—1953） 名敬恒，江苏武进人。他原是清末举人，曾先后留学日本、英国。1905年参加同盟会，后任国民党中央监察委员、中央政治会议委员等职。

〔5〕 这里的引文都见于章士钊在《甲寅》周刊第一卷第二十七号（1926年1月16日）发表的《再答稚晖先生》，其中说："先生近用讲话体为文。纵笔所之。辄万数千言。其貌与黄口小儿所作若同。而其神则非读破几百卷书者。不能道得只字。"陈西滢在《现代评论》第三卷第五十九期（1926年1月23日）的《闲话》中，特别将这一段引出，说"很有趣"，并说吴稚晖三十岁前在南菁书院把那里的书"都看了一遍"，而"近十年随便涉览和参考的汉文书籍至少总可以抵得三四个区区的毕生所读的线装书"。以此来为章士钊的文章作证。这里所说"竟又会有'肉麻当有趣'，述说得津津有味的"，即指陈西滢的这番话。

〔6〕 "束发小生" 章士钊轻蔑青年学生的用语。参看本书第14页注〔27〕。

〔7〕 1902年（清光绪二十八年）夏，我国留日自费学生九人，志愿入成城学校（相当于士官预备学校）肄业；由于清政府对陆军学生顾忌很大，所以驻日公使蔡钧坚决拒绝保送。当时有留日学生二十余人（吴稚晖在内）前往公使馆代为交涉，蔡钧始终不允，双方因而发生争吵。

〔8〕 "下意识" 陈西滢在《现代评论》第三卷第五十九期(1926年1月23日)发表的《闲话》中谈到吴稚晖时说:"他自己也说过:'我的脑筋极新,我的手段极旧'。……要是这句话还不能表示实在的情形,那么我们只好采用心理学的名词,说他的意识极新,下意识极旧,意识是西洋的物质主义者,下意识却是纯粹中国的儒者。"

〔9〕 "不朽之大业" 语出曹丕《典论·论文》:"盖文章经国之大业,不朽之盛事。"

〔10〕 二九二五年 陶孟和曾说,他有一部"要到二〇二五年才可以发表"的著作。参看本书第16页注〔34〕。

〔11〕 陈西滢在《现代评论》第三卷第五十九期(1926年1月23日)的《闲话》中为章士钊和他所主办的《甲寅》周刊吹嘘并讥讽鲁迅说:"自从孤桐先生下台之后,《甲寅》虽然还没有恢复十年前的精神,也渐渐的有了生气了。可见做时事文章的人官实在是做不得的,至少做了官还是不论时事的好。自然有些'土匪'不妨同时做官僚,官僚也同时可以做'青年叛徒的领袖',可是这也得需要特别的天才,不是人人能干的事业,总之,孤桐先生还没有这样的才具。……近来可渐渐的不同了,时评和论文里的讽趣,好像一阵新鲜空气,把《甲寅》吹得有些苏甦了。"接着他便举章士钊在《甲寅》周刊发表的《再答稚晖先生》来作为这"有了生气"的例证。

〔12〕 "以子之矛攻子之盾" 这是《韩非子·难势》中的一个寓言:"人有鬻矛与盾者,誉其盾之坚,物莫能陷也;俄而又誉其矛,曰:'吾矛之利,物无不陷也。'人应之曰:'以子之矛,陷子之盾,何如'?其人弗能应也。"

〔13〕 章士钊在《甲寅》周刊第一卷第十七号(1925年11月7日)发表《再疏解辟义》一文,借评述1925年7月美国田纳西州小学教员师科布因讲授进化论被控的事,为他自己的种种"开倒车"的言行辩解,其

中说:"田芮西州 Tennessee。尊崇耶教较笃者也。曾于州宪订明。凡学校教科书。理与圣经相牾。应行禁制。州有市曰堞塘 Dayton。其小学校中。有教员曰师科布 John Thomas Scopes。以进化论授于徒。州政府大怒。谓其既违教义。复触宪纲。因名捕师氏。下法官按问其罪。"后来因"念其文士。罚锾百元"。按章士钊在《甲寅》周刊第一卷第七号(1925年8月29日)先已发表过一篇《说辁》,其中说:"辁者还也。车相避也。相避者又非徒相避也。乃乍还以通其道。旋乃复进也。……今谚有所谓开倒车者。时人谈及。以谓有背进化之通义。辄大病之。是全不明夫辁义者也。"

一点比喻[1]

在我的故乡不大通行吃羊肉,阖城里,每天大约不过杀几匹山羊。北京真是人海,情形可大不相同了,单是羊肉铺就触目皆是。雪白的群羊也常常满街走,但都是胡羊,在我们那里称绵羊的。山羊很少见;听说这在北京却颇名贵了,因为比胡羊聪明,能够率领羊群,悉依它的进止,所以畜牧家虽然偶而养几匹,却只用作胡羊们的领导,并不杀掉它。

这样的山羊我只见过一回,确是走在一群胡羊的前面,脖子上还挂着一个小铃铎,作为智识阶级的徽章。通常,领的赶的却多是牧人,胡羊们便成了一长串,挨挨挤挤,浩浩荡荡,凝着柔顺有余的眼色,跟定他匆匆地竞奔它们的前程。我看见这种认真的忙迫的情形时,心里总想开口向它们发一句愚不可及的疑问——

"往那里去?!"

人群中也很有这样的山羊,能领了群众稳妥平静地走去,直到他们应该走到的所在。袁世凯[2]明白一点这种事,可惜用得不大巧,大概因为他是不很读书的,所以也就难于熟悉运用那些的奥妙。后来的武人可更蠢了,只会自己乱打乱割,乱得哀号之声,洋洋盈耳,结果是除了残虐百姓之外,还加上轻视学问,荒废教育的恶名。然而"经一事,长一智",二十世纪已过了四分之一,脖子上挂着小铃铎的聪明人是总要交到红运的,虽然现在表面上还不免有些小挫折。

那时候,人们,尤其是青年,就都循规蹈矩,既不嚣张,也不浮动,一心向着"正路"前进了,只要没有人问——

"往那里去?!"

君子若曰:"羊总是羊,不成了一长串顺从地走,还有什么别的法子呢?君不见夫猪乎?拖延着,逃着,喊着,奔突着,终于也还是被捉到非去不可的地方去,那些暴动,不过是空费力气而已矣。"

这是说:虽死也应该如羊,使天下太平,彼此省力。

这计划当然是很妥帖,大可佩服的。然而,君不见夫野猪乎?它以两个牙,使老猎人也不免于退避。这牙,只要猪脱出了牧豕奴所造的猪圈,走入山野,不久就会长出来。

Schopenhauer[3]先生曾将绅士们比作豪猪,我想,这实在有些失体统。但在他,自然是并没有什么别的恶意的,不过拉扯来作一个比喻。《Parerga und Paralipomena》里有着这样意思的话:有一群豪猪,在冬天想用了大家的体温来御寒冷,紧靠起来了,但它们彼此即刻又觉得刺的疼痛,于是乎又离开。然而温暖的必要,再使它们靠近时,却又吃了照样的苦。但它们在这两种困难中,终于发见了彼此之间的适宜的间隔,以这距离,它们能够过得最平安。人们因为社交的要求,聚在一处,又因为各有可厌的许多性质和难堪的缺陷,再使他们分离。他们最后所发见的距离,——使他们得以聚在一处的中庸的距离,就是"礼让"和"上流的风习"。有不守这距离的,在英国就这样叫,"Keep your distance!"〔4〕

但即使这样叫,恐怕也只能在豪猪和豪猪之间才有效力罢,因为它们彼此的守着距离,原因是在于痛而不在于叫的。假使豪猪们中夹着一个别的,并没有刺,则无论怎么叫,它们总还是挤过来。孔子说:礼不下庶人〔5〕。照现在的情形看,该是并非庶人不得接近豪猪,却是豪猪可以任意刺着庶人而取得温暖。受伤是当然要受伤的,但这也只能怪你自己独独没有刺,不足以让他守定适当的距离。孔子又说:刑不上大夫。这就又难怪人们的要做绅士。

这些豪猪们,自然也可以用牙角或棍棒来抵御的,但至少必须拚出背一条豪猪社会所制定的罪名:"下流"或"无礼"。

一月二十五日。

* * *

〔1〕 本篇最初发表于1926年2月25日《莽原》半月刊第四期。

〔2〕 袁世凯(1859—1916) 字慰亭,河南项城人。原任清朝直隶总督兼北洋大臣、内阁总理大臣,辛亥革命后攫取中华民国临时大总统、大总统职位,迫害革命党人。1916年1月复辟帝制,自称"洪宪"皇帝,6月在国人声讨中病卒。袁在复辟帝制的阴谋活动中,曾指使杨度、孙毓筠、刘师培等所谓"六君子"于1915年8月组织筹安会,公开鼓吹帝制,遭到国人强烈反对。所以这里说袁世凯"用得不大巧"。

〔3〕 Schopenhauer 叔本华。下文的《Parerga und Paralipomena》(《副业和补遗》),叔本华1851年出版的一本杂文集。

〔4〕 "Keep your distance!" 英语:"保持你的距离!"即不要人亲近的意思。

〔5〕 "礼不下庶人"和下文的"刑不上大夫"二句,见《礼记·曲礼(上)》:"礼不下庶人,刑上不大夫,刑人不在君侧。"

不 是 信[1]

一个朋友忽然寄给我一张《晨报副刊》,我就觉得有些特别,因为他是知道我懒得看这种东西的。但既然特别寄来了,姑且看题目罢:《关于下面一束通信告读者们》。署名是:志摩。哈哈,这是寄来和我开玩笑的,我想;赶紧翻转,便是几封信,这寄那,那寄这,看了几行,才知道似乎还是什么"闲话……闲话"问题[2]。这问题我仅知道一点儿,就是曾在新潮社[3]看见陈源教授即西滢先生的信[4],说及我"捏造的事实,传布的'流言',本来已经说不胜说"。不禁好笑;人就苦于不能将自己的灵魂砍成酱,因此能有记忆,也因此而有感慨或滑稽。记得首先根据了"流言",来判决杨荫榆事件即女师大风潮的,正是这位西滢先生,那大文便登在去年五月三十日发行的《现代评论》上。我不该生长"某籍"又在"某系"教书,所以也被归入"暗中挑剔风潮"[5]者之列,虽然他说还不相信,不过觉得可惜。在这里声明一句罢,以免读者的误解:"某系"云者,大约是指国文系,不是说研究系。那时我见了"流言"字样,曾经很愤然,立刻加以驳正,虽然也很自愧没有"十年读书十年养气的工夫"[6]。不料过了半年,这些"流言"却变成由我传布的了,自造自己的"流言",这真是自己掘坑埋自己,不必说聪明人,便是傻子也想不通。倘说这回的所谓"流言",并非关于"某籍某系"的,乃是关于不信"流言"的陈源教授的了,则我实在不知道陈教授有怎样的被捏造的事实和流言在社会上传布。说起来惭愧煞人,我不赴宴会,很少往来,也不奔走,也不结什么文艺学术的社团,实在最不合式于做捏造事实和传布流言的枢纽。只是弄弄笔墨是在所不免的,但也不肯以流言为根据,故意给它传布开来,虽然偶有些"耳食之言"[7],又大抵是无关大体的事;要是错了,即使月久年深,也决不惜追加订正,例如对于汪原放先生"已作古人"一案[8],其间竟隔了几乎有两年。——但这自然是只对于看过《热风》的读者说的。

这几天,我的"捏……言"罪案,仿佛只等于昙花一现了,《一束通信》的主要部分中,似乎也承情没有将我"流"进去,不过在后屁股的《西滢致志摩》是附带的对我的专论,虽然并非一案,却因为亲属关系而灭族,或文字狱的株连一般。灭族呀,株连呀,又有点"刑名师爷"[9]口吻了,其实这是事实,法家不过给他起了一个名,所谓"正人君子"是不肯说的,虽然不妨这样做。此外如甲对乙先用流言,后来却说乙制造流言这一类事,"刑名师爷"的笔下就简括到只有两个字:"反噬"。呜呼,这实在形容得痛快淋漓。然而古语说,"察见渊鱼者不祥"[10],所以"刑名师爷"总没有好结果,这是我早经知道的。

我猜想那位寄给我《晨报副刊》的朋友的意思了:来刺激我,讥讽我,通知我的,还是要我也说几句话呢?终于不得而知。好,好在现在正须还笔债,就用这一点事来搪塞一通罢,说话最方便的题目是《鲁迅致□□》,既非根据学理和事实[11]的论文,也不是"笑吟吟"的天才的讽刺[12],不过是私人通信而已,自己何尝愿意发表;无论怎么说,粪坑也好,毛厕[13]也好,决定与"人气"[14]无关。即不然,也是因为生气发热[15],被别人逼成的,正如别的副刊将被《晨报副刊》"逼死"[16]一样。我的镜子真可恨,照出来的总是要使陈源教授呕吐的东西,但若以赵子昂[17]——"是不是他?"——画马为例,自然恐怕正是我自己。自己是没有什么要紧的,不过总得替□□想一想。现在不是要谈到《西滢致志摩》么,那可是极其危险的事,一不小心就要跌入"泥潭中",遇到"悻悻的狗"[18],暂时再也看不见"笑吟吟"。至少,一关涉陈源两个字,你总不免要被公理家认为"某籍","某系","某党","喽罗","重女轻男"[19]……等;而且还得小心记住,倘有人说过他是文士,是法兰斯,你便万不可再用"文士"或"法兰斯"[20]字样,否则,——自然,当然又有"某籍"……等等的嫌疑了,我何必如此陷害无辜,《鲁迅致□□》决计不用,所以一直写到这里,还没有题目,且待写下去看罢。

　　我先前不是刚说我没有"捏造事实"么?那封信里举的却有。说是我说他"同杨荫榆女士有亲戚朋友的关系,并且吃了她许多酒饭"了,其实都不对。杨荫榆女士的善于请酒,我说过的,或者别人也说过,并且偶见于新闻上。现在的有些公论家,自以为中立,其实却偏,或者和事主倒有亲戚,朋友,同学,同乡,……等等关系,甚至于叨光了酒饭,我也说过的。这不是明明白白的么,报社收津贴,连同业中也互评过,但大家仍都自称为公论。至于陈教授和杨女士是亲戚而且吃了酒饭，那是陈教授自己连结起来的，我没有说曾经吃酒饭，也不能保证未曾吃酒饭，没有说他们是亲戚，也不能保证他们不是亲戚，大概不过是同乡罢，但只要不是"某籍"，同乡有什么要紧呢。绍兴有"刑名师爷"，绍兴人便都是"刑名师爷"的例，是只适用于绍兴的人们的。

我有时泛论一般现状，而无意中触着了别人的伤疤，实在是非常抱歉的事。但这也是没法补救，除非我真去读书养气，一共廿年，被人们骗得老死牖下；或者自己甘心倒掉；或者遭了阴谋。即如上文虽然说明了他们是亲戚并不是我说的话，但因为列举的名词太多了，"同乡"两字，也足以招人"生气"，只要看自己愤然于"流言"中的"某籍"两字，就可想而知。照此看来，这一回的说"叭儿狗"[21]（《莽原半月刊》第一期），怕又有人猜想我是指着他自己，在那里"悻悻"了。其实我不过是泛论，说社会上有神似这个东西的人，因此多说些它的主人：阔人，太监，太太，小姐。本以为这足见我是泛论了，名人们现在那里还有肯跟太监的呢，但是有些人怕仍要忽略了这一层，各各认定了其中的主人之一，而以"叭儿狗"自命。时势实在艰难，我似乎只有专讲上帝，才可以免于危险，而这事又非我所长。但是，倘使所有的只是暴戾之气，还是让它尽量发出来罢，"一群悻悻的狗"，在后面也好，在对面也好。我也知道将什么之气都放在心里，脸上笔下却全都"笑吟吟"，是极其好看的；可是掘不得，小小的挖一个洞，便什么之气都出来了。但其实这倒是真面目。

第二种罪案是"近一些的一个例"，陈教授曾"泛论图书馆的重要","说孤桐先生在他未下台以前发表的两篇文章里,这一层'他似乎没看到'。"我却轻轻地改为"听说孤桐先生倒是想到了这一节,曾经发表过文章,然而下台了,很可惜"了。而且还问道:"你看见吗,那刀笔吏[22]的笔尖?""刀笔吏"是不会有漏洞的,我却与陈教授的原文不合,所以成了罪案,或者也就不成其为"刀笔吏"了罢。《现代评论》早已不见,全文无从查考,现在就据这一回的话,敬谨改正,为"据说孤桐先生在未下台以前发表的文章里竟也没想到;现在又下了台,目前无法补救了,很可惜"罢。这里附带地声明,我的文字中,大概是用别人的原文用引号,举大意用"据说",述听来的类似"流言"的用"听说",和《晨报》大将文例不相同。

第三种罪案是关于我说"北大教授兼京师图书馆副馆长月薪至少五六百元的李四光"的事,据说已告了一年的假,假期内不支薪,副馆长的月薪又不过二百五十元。别一张《晨副》上又有本人的声明,话也差不多,不过说月薪确有五百元,只是他"只拿二百五十元",其余的"捐予图书馆购买某种书籍"了。此外还给我许多忠告,这使我非常感谢,但愿意奉还"文士"的称号[23],我是不属于这一类的。只是我以为告假和辞职不同,无论支薪与否,教授也仍然是教授,这是不待"刀笔吏"才能知道的。至于图书馆的月薪,我确信李教授(或副馆长)现在每月"只拿二百五十元"的现钱,是美国那面的;中国这面的一半,真说不定要拖欠到什么时候才有。但欠帐究竟也是钱,别人的兼差,大抵多是欠帐,连一半现钱也没有,可是早成了有些论客的口实了,虽然其缺点是在不肯及早捐出去。我想,如果此后每月必发,而以学校欠薪作比例,中国的一半是明年的正月间会有的,倘以教育部欠俸作比例,则须十七年正月间才有,那时购买书籍来,我一定就更正,只要我还在做"官僚",因为这容易得知,我也自信还有这样的记性,不至于今年忘了去年事。但是,倘若又被章士钊们革掉,那就莫明其妙,更正的事也只好作罢了。可是我所说的职衔和钱数,在今日却是事实。

第四种的罪案是……。陈源教授说,"好了,不举例了。"为什么呢?大约是因为"本来已经说不胜说",或者是在矫正"打笔墨官司的时候,谁写得多,骂得下流,捏造得新奇就是谁的理由大"的恶习之故罢,所以就用三个例来概其全般,正如中国戏上用四个兵卒来象征十万大军一样。此后,就可以结束,漫骂——"正人君子"一定另有名称,但我不知道,只好暂用这加于"下流"人等的行为上的话——了。原文很可以做"正人君子"的真相的标本,删之可惜,扯下来粘在后面罢——

"有人同我说,鲁迅先生缺乏的是一面大镜子,所以永远见不到他的尊容。我说他说错了。鲁迅先生的所以这样,正因为他有了一面大镜子。你听见过赵子昂——是不是他?——画马的故事罢?他要画一个姿势,就对镜伏地做出那个姿势来。鲁迅先生的文章也是对了他的大镜子写的,没有一句骂人的话不能应用在他自己的身上。要是你不信,我可以同你打一个赌。"

这一段意思很了然,犹言我写马则自己就是马,写狗自己就是狗,说别人的缺点就是自己的缺点,写法兰斯自己就是法兰斯,说"臭毛厕"自己就是臭毛厕,说别人和杨荫榆女士同乡,就是自己和她同乡。赵子昂也实在可笑,要画马,看看真马就够了,何必定作畜生的姿势;他终于还是人,并不沦入马类,总算是侥幸的。不过赵子昂也是"某籍",所以这也许还是一种"流言",或自造,或那时的"正人君子"所造都说不定。这只能看作一种无稽之谈。倘若陈源教授似的信以为真,自己也照样做,则写法兰斯的时候坐下做一个法姿势,讲"孤桐先生"的时候立起作一个孤姿势,倒还堂哉皇哉;可是讲"粪车"[24]也就得伏地变成粪车,说"毛厕"即须翻身充当便所,未免连臭架子也有些失掉罢,虽然肚子里本来满是这样的货色。

"不是有一次一个报馆访员称我们为'文士'吗?鲁迅先生为了那名字几乎笑掉了牙。可是后来某报天天鼓吹他是'思想界的权威者'他倒又不笑了。

"他没有一篇文章里不放几枝冷箭,但是他自己常常的说人'放冷箭',并且说'放冷箭'是卑劣的行为。

"他常常'散布流言'和'捏造事实',如上面举出来的几个例,但是他自己又常常的骂人'散布流言''捏造事实',并且承认那样是'下流'。

"他常常的无故骂人,要是那人生气,他就说人家没有'幽默'。可是要是有人侵犯了他一言半语,他就跳到半天空,骂得你体无完肤——还不肯罢休。"

这是根据了三条例和一个赵子昂故事的结论。其实是称别个为"文士"我也笑,称我为"思想界的权威者"[25]我也笑,但牙却并非"笑掉",据说是"打掉"的,这较可以使他们快意些。至于"思想界的权威者"等等,我连夜梦里也没有想做过,无奈我和"鼓吹"的人不相识,无从劝止他,不像唱双簧的朋友,可以彼此心照;况且自然会有"文士"来骂倒,更无须自己费力。我也不想借这些头衔去发财发福,有了它于实利上是并无什么好处的。我也曾反对过将自己的小说采入教科书,怕的是教错了青年,记得曾在报上发表;[26]不过这本不是对上流人说的,他们当然不知道。冷箭呢,先是不肯的,后来也放过几枝,但总是对于先"放冷箭"用"流言"的如陈源教授之辈,"请君入瓮"[27],也给他尝尝这滋味。不过虽然对于他们,也还是明说的时候多,例如《语丝》上的《音乐》[28]就说明是指徐志摩先生,《我的籍和系》和《并非闲话》也分明对西滢即陈源教授而发;此后也还要射,并无悔祸之心。至于署名,则去年以来只用一个,就是陈教授之所谓"鲁迅,即教育部佥事周树人"[29]就是。但在下半年,应将"教育部佥事"五字删去,因为被"孤桐先生"所革;今年却又变了"暂署佥事"[30]了,还未去做,然而豫备去做的,目的是在弄几文俸钱,因为我祖宗没有遗产,老婆没有奁田,文章又不值钱,只好以此暂且糊口。还有一个小目的,是在对于以我去年的免官为"痛快"者,给他一个不舒服,使他恨得扒耳搔腮,忍不住露出本相。至于"流言",则先已说过,正是陈源教授首先发明的专卖品,独有他听到过许多;在我呢,心术是看不见的东西,且勿说,我的躲在家里的生活即不利于作"捏……言"的枢纽。剩下的只有"幽默"问题了,我又没有说过这些话,也没有主张过"幽默",也许将这两字连写,今天还算第一回。我对人是"骂人",人对我是"侵犯了一言半语",这真使我记起我的同乡"刑名师爷"来,而且还是弄着不正经的"出重出轻"的玩意儿的时候。这样看来,一面镜子确是该有的,无论生在那一县。还有罪状哩——

"他常常挖苦别人家抄袭。有一个学生钞了沫若的几句诗,他老先生骂得刻骨镂心的痛快,可是他自己的《中国小说史略》,却就是根据日本人盐谷温的《支那文学概论讲话》里面的'小说'一部分。其实拿人家的著述做你自己的蓝本,本可以原谅,只要你在书中有那样的声明,可是鲁迅先生就没有那样的声明。在我们看来,你自己做了不正当的事也就罢了,何苦再去挖苦一个可怜的学生,可是他还尽量的把人家刻薄。'窃钩者诛,窃国者侯',本是自古已有的道理。"

这"流言"早听到过了;后来见于《闲话》,说是"整大本的剽窃",但不直指我,而同时有些人的口头上,却相传是指我的《中国小说史略》。[31]我相信陈源教授是一定会干这样勾当的。但他既不指名,我也就只回敬他一通骂街,这可实在不止"侵犯了他一言半语"。这回说出来了;我的"以小人之心"也没有猜错了"君子之腹"。但那罪名却改为"做你自己的蓝本"了,比先前轻得多,仿佛比自谦为"一言半语"的"冷箭"钝了一点似的。盐谷氏[32]的书,确是我的参考书之一,我的《小说史略》二十八篇的第二篇,是根据它的,还有论《红楼

不是信

梦》[33]的几点和一张《贾氏系图》,也是根据它的,但不过是大意,次序和意见就很不同。其他二十六篇,我都有我独立的准备,证据是和他的所说还时常相反。例如现有的汉人小说,他以为真,我以为假;唐人小说的分类他据森槐南[34],我却用我法。六朝小说他据《汉魏丛书》[35],我据别本及自己的辑本,这工夫曾经费去两年多,稿本有十册在这里[36];唐人小说他据谬误最多的《唐人说荟》[37],我是用《太平广记》[38]的,此外还一本一本搜起来……。其余分量,取舍,考证的不同,尤难枚举。自然,大致是不能不同的,例如他说汉后有唐,唐后有宋,我也这样说,因为都以中国史实为"蓝本"。我无法"捏造得新奇",虽然塞文狄斯的事实和"四书"合成的时代也不妨创造。[39]但我的意见,却以为似乎不可,因为历史和诗歌小说是两样的。诗歌小说虽有人说同是天才即不妨所见略同,所作相像,[40]但我以为究竟也以独创为贵;历史则是纪事,固然不当偷成书,但也不必全两样。说诗歌小说相类不妨,历史有几点近似便是"摽窃",那是"正人君子"的特别意见,只在以"一言半语""侵犯""鲁迅先生"时才适用的。好在盐谷氏的书听说(!)已有人译成(?)中文,两书的异点如何,怎样"整大本的摽窃",还是做"蓝本",不久(?)就可以明白了。在这以前,我以为恐怕连陈源教授自己也不知道这些底细,因为不过是听来的"耳食之言"。不知道对不对?(盐谷教授的《支那文学概论讲话》的译本,今年夏天看见了,将五百余页的原书,译成了薄薄的一本,那小说一部分,和我的也无从对比了。广告上却道"选译"[41]。措辞实在聪

53

明得很。十月十四日补记。)

但我还要对于"一个学生钞了沫若的几句诗"[42]这事说几句话;"骂得刻骨镂心的痛快"的,似乎并不是我。因为我于诗向不留心,所以也没有看过"沫若的诗",因此即更不知道别人的是否钞袭。陈源教授的那些话,说得坏一点,就是"捏造事实",故意挑拨别人对我的恶感,真可以说发挥着他的真本领。说得客气一点呢,他自说写这信时是在"发热",那一定是热度太高,发了昏,忘记装腔了,不幸显出本相;并且因为自己爬着,所以觉得我"跳到半天空",自己抓破了皮肤或者一向就破着,却以为被我"骂"破了。——但是,我在有意或无意中碰破了一角纸糊绅士服,那也许倒是有的;此后也保不定。彼此迎面而来,总不免要挤擦,碰磕,也并非"还不肯罢休"。

绅士的跳踉丑态,实在特别好看,因为历来隐藏蕴蓄着,所以一来就比下等人更浓厚。因这一回的放泄,我才悟到陈源教授大概是以为揭发叔华女士的剽窃小说图画的文章,也是我做的,[43]所以早就将"大盗"两字挂在"冷箭"上,射向"思想界的权威者"。殊不知这也不是我做的,我并不看这些小说。"琵亚词侣"的画,我是爱看的,但是没有书,直到那"剽窃"问题发生后,才刺激我去买了一本 Art of A. Beardsley 来,化钱一元七。可怜教授的心目中所看见的并不是我的影,叫跳竟都白费了。遇见的"粪车",也是境由心造的,正是自己脑子里的货色,要吐的唾沫,还是静静的咽下去罢。

太费纸张了,虽然我不至于娇贵到会发热,但也得赶紧的收梢。然而还得粘上一段大罪状——

"据他自己的自传,他从民国元年便做了教育部的官,从没脱离过。所以袁世凯称帝,他在教育部,曹锟贿选[44],他在教育部,'代表无耻的彭允彝',[45]做总长,他也在教育部,甚而至于'代表无耻的章士钊'免了他的职后,他还大嚷'佥事这一个官儿倒也并不算怎样的"区区"',怎样有人在那里钻谋补他的缺,怎样以为无足轻重的人是'慷他人之慨',如是如是,这样这样……这像'青年叛徒的领袖'吗?

"其实一个人做官也不大要紧,做了官再装出这样的面孔来可叫人有些恶心吧了。

"现在又有人送他'土匪'的名号了。好一个'土匪'。"

苦心孤诣给我加了上去的"土匪"的恶名,这一回忽又否认了,可见唾沫还是静静的咽下去好,免得后来自己舐回去。但是,"文士"别有慧心,那里会给我便宜呢,自然即代以自"袁世凯称帝"以来的罪恶,仿佛"称帝""贿选"那类事,我既在教育部,即等于全由我一手包办似的。这是真的,从那时以来,我确没有带兵独立过,但我也没有冷笑云南起义[46],也没有希望国民军[47]失败;对于教育部,其实是脱离过两回,一是张勋复辟[48]时,一就是章士钊长部时,前一回以教授的一点才力自然不知道,后一回却忘却得有些离奇。我向来就"装出这样的面孔",不但毫不顾忌陈源教授可"有些恶心",对于"孤桐先生"也一样。要在我的面孔上寻出些有趣来,本来是没头脑的妄想,还是去看别的面孔罢。

这类误解似乎不止陈源教授,有些人也往往如此,以为教员清高,官僚是卑下的。真所谓"得意忘形","官僚官僚"的骂着。可悲的就在此,现在的骂官僚的人里面,到外国去炸大[49]过一回而且做教员的就很多:所谓"钻谋补他的缺"的也就是这一流,那时我说"佥事这一个官儿倒也并不算怎样的'区区'",就为此人的乘机想做官而发,刺他一针,聊且快意,不提防竟又被陈教授"刻骨镂心"的记住了,也许又疑心我向他在"放冷箭"了罢。

我并非因为自己是官僚,定要上侪于清高的教授之列,官僚的高下也因人而异,如所谓"孤桐先生",做官时办《甲寅》,佩服的人就很多,下台之后,听说更有生气了。而我"下台"时所做的文章,岂不是不但并不更有生气,还招了陈源教授的一顿"教训"[50],而且罪孽深重,延祸"面孔"了么?这是以文才和面孔言;至于从别一方面看,则官僚与教授就有"一丘之貉"之叹,这就是说:钱的来源。国家行政机关的事务官所得的所谓俸钱,国立学校的教授所得的所谓薪水,还不是同一来源,出于国库的么?在曹锟政府下做国立学校的教员,和做官的没有大区别。难道教员的是捐给了学校,所以特别清高了?袁世凯称帝时代,陈源教授或者还在外国的研究室里,是到了曹锟贿选前后才做教授的,比我到北京迟得多,福气也比我好得多。曹锟贿选,他做教授,"代表无耻的彭允彝做总长",他做教授,"甚而至于'代表无耻的章士钊'做总长",他自然做教授,我可是被革掉了,甚而至于待到那"甚而至于

'代表无耻的章士钊'"不做总长了,他自然还做教授,归国以来,一帆风顺,一个小钉子也没有碰。这当然是因为有适宜的面孔,不"叫人有些恶心"之故喽。看他脸上既无我一样的可厌的"八字胡子",也可以说没有"官僚的神情",所以对于他的面孔,却连我也并没有什么大"恶心",而且仿佛还觉得有趣。这一类的面孔,只要再白胖一点,也许在中国就不可多得了。

不免招我说几句费话的不过是他对镜装成的姿势和"爆发"出来的蕴蓄,但又即刻掩了起来,关上大门,据说"大约不再打这样的笔墨官司"了。前面的香车既经杳然,我且不做叫门的事,因为这些时候所遇到的大概不过几个家丁;而且已是往"国立北京女子师范大学复校纪念会"的时候了,就这样的算收束。

二月一日。

＊　　＊　　＊

〔1〕 本篇最初发表于1926年2月8日《语丝》周刊第六十五期。

〔2〕 1925年女师大风潮中,章士钊在《停办北京女子师范大学呈文》中诬蔑女学生"不受检制。竟体忘形。啸聚男生。蔑视长上。"这期间陈西滢也曾在口头上侮辱女学生。而徐志摩在1926年1月13日《晨报副刊》发表的《"闲话"引出来的闲话》一文,却恭维陈说:"西滢是分明私淑法朗士的,也不止写文章一件事——除了他对女性的态度,那是太忠贞了。"这就引起岂明(周作人)在同月20日《晨报副刊》发表《闲话的闲话之闲话》一文,针对徐志摩说陈西滢"忠贞"于女性一点,揭发了陈侮辱女学生的话:"我知道在北京有两位新文化新文学的名人

名教授,因为愤女师前途之棘,先章士钊,后杨荫榆而扬言于众曰:'现在的女学生都可以叫局。'"于是在1月30日《晨报副刊》上就发表有徐志摩的《关于下面一束通信告读者们》和陈西滢《闲话的闲话之闲话引出来的几封信》,共同对鲁迅进行攻击和诽谤。在陈西滢的《几封信》中有两封《致岂明》的信,其中他自己承认"疑心先生骂的有我在里面",一面又加以辩解,并且一再说"先生兄弟两位"或"令兄鲁迅先生",把鲁迅也拉在一起。此外,在他的这《几封信》中还有一封题为《致志摩》的长信,内容全是对鲁迅的诋毁,因此鲁迅写了这篇文章。

〔3〕 新潮社　北京大学部分学生和教员组织的社团。1918年11月成立。主要成员有傅斯年、罗家伦、杨振声、周作人、叶绍钧等,曾出版《新潮》月刊(1919年1月创刊,1922年3月出至三卷二期停刊)及《新潮丛书》、《新潮社文艺丛书》。后来,由于主要成员的变化,于1927年解体。

〔4〕 指陈西滢给岂明的两封信中的第一信。参看本书第30页注〔1〕。

〔5〕 "暗中挑剔风潮"　陈西滢攻击鲁迅等人的一句不通的话。他在《现代评论》第一卷第二十五期(1925年5月30日)的《闲话》中说:"《闲话》正要付印的时候,我们在报纸上看见女师大七教员的宣言。以前我们常常听说女师大的风潮,有在北京教育界占最大势力的某籍某系的人在暗中鼓动,可是我们总不敢相信。这个宣言语气措辞,我们看来,未免过于偏袒一方,不大公允,看文中最精采的几句就知道了。(摘句略)这是很可惜的。我们自然还是不信我们平素所很尊敬的人会暗中挑剔风潮,但是这篇宣言一出,免不了流言更加传布得厉害了。"按某籍,指浙江;某系指当时北京大学国文系。

〔6〕 "十年读书十年养气的工夫"　这是李四光给《晨报副刊》编者徐志摩的信中所说的话。详见本篇注〔23〕。

〔7〕 "耳食之言"　即传闻的话。语出《史记·六国年表序》:"学者牵于所闻,见秦在帝位日浅,不察其终始,因举而笑之,不敢道。此与以耳食无异。"

〔8〕 汪原放先生"已作古人"一案　鲁迅在1924年1月28日《晨报副刊》上发表《望勿"纠正"》一文。其中说古书的标点者"汪原放君已经成了古人了"。后知汪还健在,1925年9月24日在将该文编入《热风》时,特于篇末作了订正。汪原放,参看本书第134页注〔6〕。

〔9〕 "刑名师爷"　清代官署中承办刑事判牍的幕僚。他们善于舞文弄法,往往能左右人的祸福。当时绍兴籍的幕僚较多,因有"绍兴师爷"之称。陈西滢曾在《致志摩》中攻击鲁迅"是做了十几年官的刑名师爷"。

〔10〕 "察见渊鱼者不祥"　语出《列子·说符》:"周谚有言:察见渊鱼者不祥;智料隐匿者有殃。"察见渊鱼,比喻窥见别人心中的"隐匿";不祥,是指容易招来猜忌和祸患。

〔11〕 学理和事实　这是陈西滢自我标榜的话。陈为纪念《现代评论》创刊一周年所作的《闲话》中说,"本刊的第二种贡献,是所有的批评都本于学理和事实,绝不肆口漫骂。"见该刊第三卷第五十三期(1925年12月12日)。

〔12〕 "笑吟吟"的天才的讽刺　这是对徐志摩称赞陈西滢的话所作的概括。参看本书《有趣的消息》及其注〔17〕。

〔13〕 毛厕　陈西滢在1925年5月30日《现代评论》第一卷第二十五期发表的《闲话》中说:"女师大的风潮,究竟学生是对的还是错的,反对校长的是少数还是多数,我们没有调查详细的事实,无从知道。我们只觉得这次闹得太不像样了。同系学生同时登两个相反的启事已经发现了。学生把守校门,误认了一个缓缓驶行的汽车为校长回校而群起包围它的笑话,也到处流传了。校长不能在学校开会,不得不借临近

饭店招集教员会议的奇闻,也见于报章了。学校的丑态既然毕露,教育界的面目也就丢尽。到了这种时期,实在旁观的人也不能再让它酝酿下去,好像一个臭毛厕,人人都有扫除的义务。在这时候劝学生们不为过甚,或是劝杨校长辞职引退,都无非粉刷毛厕,并不能解决根本的问题。我们以为教育当局应当切实的调查这次风潮的内容……万不可再敷衍姑息下去,以至将来要整顿也没有了办法。"

〔14〕 "人气" 岂明在《闲话的闲话之闲话》里曾针对陈西滢侮辱女学生的话说:"许多所谓绅士压根儿就没有一点人气,还亏他们恬然自居于正人之列。"陈西滢随即在《致岂明》中加以辩解,其中有"如果先生还有半分'人气'"这样的话。

〔15〕 发热 陈西滢在《致志摩》的末尾说:"昨晚因为写另一篇文章,睡迟了,今天似乎有些发热。今天写了这封信,已经疲乏了。"

〔16〕 "逼死" 1925年10月1日,徐志摩接编《晨报副刊》。当天他就发表了一篇《我为什么来办我想怎么办》,文内说到陈西滢本来是最厌恶副刊的;但"为要处死副刊",反而赞成徐志摩来编《晨报副刊》,以便"第一步逼死别家的副刊,第二步掐死自己的副刊,从此人类可永免副刊的灾殃"。

〔17〕 赵子昂(1254—1322) 名孟頫,字子昂,浙江吴兴(今湖州)人,元代书画家,以画马著称。关于他画马的故事,清代吴升《大观录》卷十六王穉登题赵孟頫《浴马图卷》中有这样的记载:"(赵孟頫)尝据床学马滚尘状,管夫人自牖中窥之,政见一匹滚尘马。"

〔18〕 "悻悻的狗" 陈西滢在《致志摩》中攻击鲁迅说:"说起画像,忽然想起了本月二十三日《京报副刊》里林玉堂先生画的《鲁迅先生打叭儿狗图》。……你看他面上八字胡子,头上皮帽,身上厚厚的一件大氅,很可以表出一个官僚的神情来。不过林先生的打叭儿狗的想像好像差一点。我以为最好的想像是鲁迅先生张着嘴立在泥潭中,后面

立着一群悻悻的狗,'一犬吠影,百犬吠声',不是俗语吗?"

〔19〕 "重女轻男" 陈西滢在《现代评论》第二卷第三十八期(1925年8月29日)的《闲话》中谈到女师大风潮时说:"现在一部分报纸的篇幅,几乎全让女师风潮占去了","外国人说,中国人是重男轻女的。我看不见得吧。"

〔20〕 法兰斯 通译法朗士(1844—1924),法国作家。著有长篇小说《波纳尔之罪》、《苔依丝》、《企鹅岛》等。陈西滢在《现代评论》第三卷第五十七、五十八期(1926年1月9日、16日)连续发表两篇谈法朗士的《闲话》;徐志摩看到第一篇后,便在1月13日《晨报副刊》发表《"闲话"引出来的闲话》一文,称赞陈的文章和法朗士的文章同样"妩媚",又说他学法朗士已经"有根"了。参看本书《无花的蔷薇》第七节。

〔21〕 指《论"费厄泼赖"应该缓行》一文,后收入《坟》。

〔22〕 刀笔吏 古代书吏在办理文书时,经常要使用刀和笔两种工具(用笔写在竹简或木札上,有误则用刀削去),所以秦汉时的书吏被称为刀笔吏;后来成为对舞文弄法的讼师的通称。陈西滢曾在《致志摩》中攻击鲁迅为"刀笔吏"。

〔23〕 李四光在1926年2月1日《晨报副刊》发表一封给徐志摩的信,内容是关于京师图书馆副馆长月薪一事的声明。信末说:"我听说鲁迅先生是当代比较有希望的文士……暗中希望有一天他自己查清事实,知道天下人不尽像鲁迅先生的镜子里照出来的模样。到那个时候,也许这个小小的动机,可以促鲁迅先生作十年读书,十年养气的工夫。也许中国因此可以产生一个真正的文士。"

〔24〕 "粪车" 陈西滢在《致志摩》中说,他发表这几封信,"总算是半年来朝晚被人攻击的一点回响,也可以证明我的容忍还没有到家。……现在忍不住的爆发了。譬如在一条又长又狭的胡同里,你的车跟着一辆粪车在慢慢的走,你虽然掩住了口鼻,还少不得心中要作

恶,一到空旷的地方,你少不得唾两口口涎,呼两口气。我现在的情景正是那样。"

〔25〕 "思想界的权威者" 1925年8月初,北京《民报》在《京报》、《晨报》刊登广告,宣传该报的"十二大特色",其中之一为"增加副刊",其中有"本报自8月5日起增加副刊一张,专登学术思想及文艺等,并特约中国思想界之权威者鲁迅……诸先生随时为副刊撰著"等语。

〔26〕 秋士(孙伏园)在1924年1月12日《晨报副刊》发表的《关于鲁迅先生》一文中说:"鲁迅先生所以对于《呐喊》再版迟迟不准许的原因有数端。一,听说有几个中学堂的教师竟在那里用《呐喊》做课本,甚至有给高小学生读的。这是他所极不愿意的。最不愿意的是竟有人给小孩读《狂人日记》。……他说他虽然悲观,但到今日的中小学生长大了的时代,也许不至于'吃人'了,那么这种凶险的印象给他们做什么!他说他一听到《呐喊》在那儿给中小学生读以后,见了《呐喊》便讨厌,非但没有再版的必要,简直有让它绝版的必要,也有不再做这一类小说的必要。"

〔27〕 "请君入瓮" 唐代酷吏周兴的故事。《资治通鉴》唐则天后天授二年载:"或告文昌右丞周兴与丘神勣通谋,太后命来俊臣鞫之。俊臣与兴方推事对食,谓兴曰:'囚多不承,当为何法?'兴曰:'此甚易耳!取大瓮,以炭四周炙之,令囚入中,何事不承!'俊臣乃索大瓮,火围如兴法,因起谓兴曰:'有内状推兄,请兄入此瓮!'兴惶恐叩头服罪。"

〔28〕《音乐》 即《"音乐"?》,原载《语丝》第五期(1924年12月15日),后收入《集外集》;系针对《语丝》第三期(1924年12月1日)徐志摩在他翻译的波特莱尔《死尸》一诗前所发的议论而作。

〔29〕 陈西滢在《致志摩》中说:"前面几封信里说起了几次周岂明先生的令兄:鲁迅,即教育部佥事周树人先生的名字。"

〔30〕 "暂署佥事" 1926年1月17日,教育部令鲁迅复佥事职。因为由教育部呈请北洋政府核准的命令在当时还未发表,所以是"暂署佥事"。后于3月31日国务总理费德耀"训令"教育部执行。

〔31〕 陈西滢在《现代评论》第二卷第五十期(1925年11月21日)的《闲话》里,说当时著述界盛行"剽窃"或"抄袭",含沙射影地诬蔑作者说:"很不幸的,我们中国的批评家有时实在太宏博了。他们俯伏了身躯,张大了眼睛,在地面上寻找窃贼,以致整大本的剽窃,他们倒往往视而不见。要举个例么?还是不说吧,我实在不敢再开罪'思想界的权威'。"在《致志摩》里,他便明白地说作者的《中国小说史略》是抄袭日本盐谷温的《支那文学概论讲话》的。下文的"回敬他一通骂街",参看本书第30页注〔1〕。

〔32〕 盐谷氏 指盐谷温(1878—1962),日本汉文学研究者,当时任东京大学教授。

〔33〕《红楼梦》 长篇小说,一百二十回,前八十回清代曹雪芹作,后四十回一般认为高鹗续作。

〔34〕 森槐南(1863—1911) 日本汉文学研究者。他对唐人小说的分类,据盐谷温《支那文学概论讲话》第六章所述,共为三类:一、别传;二、异闻琐语;三、杂事。盐谷温则根据他所分类的第一类,再细分为别传、剑侠、艳情、神怪四种。

〔35〕《汉魏丛书》 明代何镗辑,内收汉魏六朝间遗书百种。现在通行的有清代王谟刻本八十六种。

〔36〕 指《古小说钩沉》。内收自周至隋散佚小说三十六种,是研究中国小说史的重要资料。

〔37〕《唐人说荟》 小说笔记丛书,共二十卷。旧有桃源居士辑本,凡一百四十种;清代乾隆时山阴陈莲塘又从《说郛》等书中采入二十种,合为一百六十四种。内多小说,但删节和谬误很多,坊刻本又改

名为《唐代丛书》。

〔38〕《太平广记》 类书,共五百卷。宋代李昉等奉敕纂辑。书成于太平兴国三年(978),内收六朝至宋代初年的小说、野史很多,引用书四百七十余种。

〔39〕 塞文狄斯 通译塞万提斯。陈西滢在《现代评论》第二卷第四十八期(1925年11月7日)的《闲话》里说:"有人游历西班牙,他的引导指了一个乞丐似的老人说,那就是写 Don Quixote 的 Cervantes(按即写《堂吉诃德》的塞万提斯)。听者惊诧道:塞文狄斯么?怎样你们的政府让他这样的穷困?引导者道:要是政府养了他,他就不写 Don Quixote 那样的作品了。"按在英国华兹(H. E. Watts)所著的《塞万提斯评传》第十二章中,曾说及西班牙人托勒斯(M. Torres)所记述的一个故事:1615年2月,托勒斯会见一些喜爱塞万提斯著作的法国人,他愿意引导他们去看那个作者。他告诉他们说,塞万提斯年老了,很穷;于是一个人问道:西班牙为什么不用公款资助这样的人,使他富有些呢?又一个人说道:若是穷困逼迫他著书,那么愿上帝不要使他富有,他自己虽穷困,却可以用他的著作使世界富有。但托勒斯并未真的引导那些法国人去见塞万提斯。陈西滢关于塞万提斯的话是道听途说。"四书"合成于南宋,参看本书第14页注〔26〕。陈西滢曾在《〈现代评论〉第一周年增刊》(1926年1月1日)发表的《做学问的工具》中称要研究汉代人的"四书"注疏理论。参看本书《杂论管闲事·做学问·灰色等》第二节。

〔40〕 陈西滢在凌叔华的抄袭行为被揭发以后,曾在《现代评论》第二卷第五十期的《闲话》里隐约地为她辩解说:"至于文学,界限就不能这样的分明了。许多情感是人类所共有的,他们情之所至,发为诗歌,也免不了有许多共同之点。……难道一定要说谁抄袭了谁才称心吗?""'剽窃''抄袭'的罪名,在文学里,我以为只可以压倒一般蠢才,

却不能损伤天才作家的。……至于伟大的天才,有几个不偶然的剽窃?不用说广义的他们心灵受了过去大作家的陶养,头脑里充满了过去大作家的思想,就狭义的说,举起例来也举不胜举。"

〔41〕 指陈彬龢的节译本,1926年3月朴社出版(以后另有孙俍工的全译本,开明书店出版)。

〔42〕 沫若 即郭沫若(1892—1978),四川乐山人,文学家、史学家,创造社主要成员。1925年1月,北京女师大新年同乐会演出北大学生欧阳兰所作独幕剧《父亲的归来》,内容几乎完全抄袭日本菊池宽所著的《父归》,经人在《京报副刊》上指出后,除欧阳兰本人作文答辩外,还出现了署名"琴心"的女师大学生,也作文为他辩护。不久,又有人揭发欧阳兰所作的"寄S妹"《有翅的情爱》系抄袭郭沫若译的雪莱诗,这位"琴心"和另一"雪纹女士"又一连写几篇文字替他分辩。但事实上,所谓"琴心"女士,是欧阳兰的女友夏雪纹(当时在女师大读书,即S妹)的别号,而署名"琴心"和"雪纹女士"的文字,都是欧阳兰自己作的。按欧阳兰作有诗集《夜莺》,1924年5月蔷薇社出版,内收有《寄S妹》一诗。

〔43〕 关于凌叔华剽窃小说图画的问题,《晨报副刊》自1925年10月1日起,由徐志摩主编,报头用了一幅敞胸半裸的西洋女人黑白画像,无署名,徐志摩在开场白《我为什么来办我想怎么办》中也未声明画的来源;只是在同日刊载的凌叔华所作小说《中秋晚》后的附记中,顺便说"副刊篇首广告的图案也都是凌女士的。"10月8日,《京报副刊》上登载了署名重余(陈学昭)的《似曾相识的〈晨报副刊〉篇首图案》,指出该画是剽窃英国画家琵亚词侣的。不久,《现代评论》第二卷第四十八期(1925年11月7日)发表了凌叔华的小说《花之寺》,11月14日《京报副刊》又发表了署名晨牧的《零零碎碎》一则,暗指凌叔华的《花之寺》说:"挽近文学界抄袭手段日愈发达,……现在某女士竟把柴霍甫的《在消夏别墅》抄窜

来了。……这样换汤不换药的小说,瞒得过世人的吗?"陈西滢疑心这两篇文章都是鲁迅所作。凌叔华(1904—1990),名瑞棠,笔名淑华,广东番禺人,小说家。陈西滢之妻。下文的琵亚词侣,又译毕亚兹莱(A. Beardsley,1872—1898),英国画家。多用图案性的黑白线条描绘社会生活。鲁迅曾于1929年选印他的画集《比亚兹莱画选》(《艺苑朝华》第四辑)。

〔44〕 曹锟贿选　曹锟(1862—1938),字仲珊,天津人,北洋军阀直系首领之一。1923年10月,他收买国会议员,以贿选得任中华民国总统,至1924年11月,在与奉系军阀张作霖作战失败后被迫退职。

〔45〕 彭允彝(1878—1943)　字静仁,湖南湘潭人。1923年他任北洋政府教育总长时,北京大学为了反对他,曾一度与教育部脱离关系,彭被迫于同年9月辞职。"代表无耻",是当时北京大学教授胡适抨击他的话(1923年1月28日《努力》周报第三十九期):"彭允彝是不能不去的,这一个无耻政客本不值得教育界全体的攻击,……彭允彝代表'无耻'。"1925年8月,北京大学反对章士钊为教育总长,也宣布与教育部脱离关系;北大十七教授在《致本校同事公函》中,曾说章士钊"是彭允彝一样的无耻政客"。另周作人在1926年1月9日《京报副刊》发表的《八千元》(署名何曾亮)一文中亦称"章(士钊)刘(百昭)这些东西本是代表无耻者"。

〔46〕 云南起义　蔡锷等为反对袁世凯称帝,在云南组织护国军,于1915年12月25日发动讨袁起义,很快得到全国各省的响应,袁被迫于1916年3月22日取消帝制。

〔47〕 国民军　当时冯玉祥统率的倾向进步的军队。冯原属北洋军阀中直系吴佩孚的一系;1924年10月第二次直奉战争中,他在前线与奉军妥协,通电主张停战,回师北京,举行"北京政变",囚禁总统曹锟,并将所部军队改组为国民军。

〔48〕 张勋复辟　张勋(1854—1923),字绍轩,江西奉新人,北洋

军阀之一,时任安徽督军。1917年6月,他带兵五千从徐州到北京,7月1日与康有为等拥清废帝溥仪进行复辟。同月12日即告失败。作者于7月3日与教育部几个部员同时愤而离职,乱平后于16日返部。

〔49〕 炸大　形容出国留学"镀金"后身价百倍。刘半农在《奉答陈通伯先生兼答SSS君及其前辈》(1926年2月1日《语丝》第六十四期)中说:"吴稚晖先生说过,留学生好比是面筋,到西洋那大油锅里去一泡,马上就蓬蓬勃勃涨得其大无外。"

〔50〕 "教训"　陈西滢在《致岂明》的第二封信中兼指鲁迅说:"因为先生们太不自量,更加得意忘形起来,所以给先生一个小小的教训。"

我还不能"带住"[1]

一月三十日《晨报副刊》上满载着一些东西,现在有人称它为"攻周专号"[2],真是些有趣的玩意儿,倒可以看见绅士的本色。不知怎的,今天的《晨副》忽然将这事结束,照例用通信,李四光教授开场白,徐志摩"诗哲"[3]接后段,一唱一和,说道"带住!让我们对着混斗的双方猛喝一声,带住!"[4]了。还"声明一句,本刊此后不登载对人攻击的文字"云。

他们的什么"闲话……闲话"问题,本与我没有什么鸟相干,"带住"也好,放开也好,拉拢也好,自然大可以随便玩把戏。但是,前几天不是因为"令兄"关系,连我的"面孔"都攻击过了么?我本没有去"混斗",倒是株连了我。现在我还没有怎样开口呢,怎么忽然又要"带住"了?从绅士们看来,这自然不过是"侵犯"了我"一言半语",正无须"跳到半天空",然而我其实也并没有"跳到半天空",只是还不能这样地谨听指挥,你要"带住"了,我也就"带住"。

对不起,那些文字我无心细看,"诗哲"所说的要点,似乎是这样闹下去,要失了大学教授的体统,丢了"负有指导青年重责的前辈"的丑,使学生不相信,青年不耐烦了。可怜可怜,有臭赶紧遮起来。"负有指导青年重责的前辈",有这么多的丑可丢,有那么多的丑怕丢么?用绅士服将"丑"层层包裹,装着好面孔,就是教授,就是青年的导师么？中国的青年不要高帽皮袍,装腔作势的导师；要并无伪饰,——倘没有,也得少有伪饰的导师。倘有戴着假面,以导师自居的,就得叫他除下来,否则,便将它撕下来,互相撕下来。撕得鲜血淋漓,臭架子打得粉碎,然后可以谈后话。这时候,即使只值半文钱,却是真价值；即使丑得要使人"恶心",却是真面目。略一揭开,便又赶忙装进缎子盒里去,虽然可以使人疑是钻石,也可以猜作粪土,纵使外面满贴着好招牌,法兰斯呀,萧伯讷[5]呀,……毫不中用的！

　　李四光教授先劝我"十年读书十年养气"。[6]还一句绅士话罢:盛意可感。书是读过的,不止十年,气也养过的,不到十年,可是读也读不好,养也养不好。我是李教授所早认为应当"投畀豺虎"者之一,此时本已不必温言劝谕,说什么"弄到人家无故受累",难道真以为自己是"公理"的化身,判我以这样巨罚之后,还要我叩谢天恩么？还有,李教授以为我"东方文学家的风味,似乎格外的充足,……所以总要写到露骨到底,才尽他的兴会。"我自己的意见却绝不同。我正因为生在东方,而且生在中国,所以"中庸""稳妥"的余毒,还沦肌浃髓,比起法国的勃罗亚[7]——他简直称大报的记者为"蛆虫"——来,真是"小巫见大巫",使我自惭究竟不及白人之毒辣勇猛。即以李教授的事为例罢:一,因为我知道李教授是科学家,不很"打笔墨官司"的,所以只要可以不提,便不提；只因为要回敬贵会友[8]一杯酒,这才说出"兼差"的事来。二,关于兼差和薪水一节,已在《语丝》(六五)[9]上答复了,但也还没有"写到露骨到底"。

　　我自己也知道，在中国，我的笔要算较为尖刻的，说话有时也不留情面。但我又知道人们怎样地用了公理正义的美名，正人君子的徽号，温良敦厚的假脸，流言公论的武器，吞吐曲折的文字，行私利己，使无刀无笔的弱者不得喘息。倘使我没有这笔，也就是被欺侮到赴诉无门的一个；我觉悟了，所以要常用，尤其是用于使麒麟皮下露出马脚。万一那些虚伪者居然觉得一点痛苦，有些省悟，知道技俩也有穷时，少装些假面目，则用了陈源教授的话来说，就是一个"教训"。只要谁露出真价值来，即使只值半文，我决不敢轻薄半句。但是，想用了串戏的方法来哄骗，那是不行的；我知道的，不和你们来敷衍。

　　"诗哲"为援助陈源教授起见，似乎引过罗曼罗兰的话，大意是各人的身上都有鬼，但人却只知道打别人身上的鬼。[10]没有细看，说不清了，要是差不多，那就是一并承认了陈源教授的身上也有鬼，李四光教授自然也难逃。他们先前是自以为没有鬼的。假使真知道了自己身上也有鬼，"带住"的事可就容易办了。只要不再串戏，不再摆臭架子，忘却了你们的教授的头衔，且不做指导青年的前辈，将你们的"公理"的旗插到"粪车"上去，将你们的绅士衣装抛到"臭毛厕"里去，除下假面具，赤条条地站出来说几句真话就够了！

　　　　　　　　　　　　　　　　二月三日。

＊　　　＊　　　＊

　　〔1〕　本篇最初发表于1926年2月7日北京《京报副刊》。

〔2〕 "攻周专号" 1926年1月30日《晨报副刊》的全部篇幅，只刊载徐志摩的《关于下面一束通信告读者们》和陈源的《闲话的闲话之闲话引出来的几封信》，所以2月2日《京报副刊》上发表署名杨丹初的《问陈源》一文中，称它为"陈源同徐志摩两个人凑成的攻周的专号"。

〔3〕 "诗哲" 1924年印度诗人泰戈尔来华时，有人称他为"诗圣"；徐志摩陪同泰戈尔，当时也有人称徐为"诗哲"。

〔4〕 "带住" 1926年2月3日《晨报副刊》以"结束闲话，结束废话！"为题，发表了李四光和徐志摩的通信。李四光在通信中说鲁迅"东方文学家的风味，他似乎格外的充足，所以他拿起笔来，总要写到露骨到底，才尽他的兴会，弄到人家无故受累，他也管不着。"同时他又慨叹"指导青年的人，还要彼此辱骂，制成一个恶劣的社会"。徐志摩则说："大学的教授们"，"负有指导青年重责的前辈"，是不该这样"混斗"的。因为"这不仅是绅士不绅士的问题，这是像受教育人不像的问题。……学生们看做他们先生的这样丢丑，忍不住开口说话了。绝对没关系人看了这情形也不耐烦了。""让我们对着混斗的双方猛喝一声：带住！让我们对着我们自己不十分上流的根性猛喝一声：带住！"

〔5〕 萧伯讷（G. B. Shaw，1856—1950） 通译萧伯纳，英国剧作家、批评家。早期参加改良主义的政治组织"费边社"，第一次世界大战爆发后曾谴责帝国主义战争，十月革命后同情社会主义。著有剧本《华伦夫人的职业》、《巴巴拉少校》、《真相毕露》等。陈西滢在《现代评论》第一卷第十八期（1925年4月11日）《中山先生大殡给我的感想》，和同刊第二卷第四十八期（1925年11月7日）的《闲话》中，曾一再说到1921年夏天他在伦敦访问萧伯纳的事。

〔6〕 李四光的"十年读书十年养气"的话，参看本书第61页注〔23〕。李四光是当时"国立女子大学后援会"成员之一。

〔7〕 勃罗亚(L. Bloy,1846—1917) 法国作家,著有《一个专事拆毁的工程师的话》、《失望者》等。他常在文章中用极端的语言攻击当时文学界和新闻界的著名人物。

〔8〕 指王世杰,他也是"教育界公理维持会"(后改名"国立女子大学后援会")的成员。他曾说"北大教授在女师大兼充主任者已有五人,实属违法,应加以否认"。对此,鲁迅指出:"北大教授兼国立京师图书馆副馆长月薪至少五六百元的李四光,不也是正在坐中'维持公理',而且演说的么?使之何以为情?"(见《华盖集·"公理"的把戏》)

〔9〕 指本书《不是信》一文。

〔10〕 徐志摩在1926年1月20日《晨报副刊》发表的《再添几句闲话的闲话乘便妄想解围》中说:"我真的觉得没有一件事情你可以除外你自己专骂旁人的。……我们心里的心里,你要是有胆量望里看的话,那一种可能的恶、孽、罪,不曾犯过?谁也不能比谁强得了多少,老实说。……引申这个意义,我们就可以懂得罗曼罗兰'Above the Battlefield'的喊声。鬼是可怕的;他不仅附在你敌人的身上,那是你瞅得见的,他也附在你自己的身上,这你往往看不到。要打鬼的话,你就得连你自己身上的一起打了去,才是公平。"罗曼罗兰(Romain Rolland,1866—1944),法国作家、社会活动家。著有长篇小说《约翰·克里斯朵夫》、剧本《爱与死的搏斗》等。"Above the Battlefield",英语,意为"在战场上";这是徐志摩对罗曼罗兰在第一次世界大战期中反对帝国主义战争的文集《超乎混战之上》一书书名不准确的英译。

送灶日漫笔[1]

坐听着远远近近的爆竹声,知道灶君先生们都在陆续上天,向玉皇大帝讲他的东家的坏话去了,[2]但是他大概终于没有讲,否则,中国人一定比现在要更倒楣。

灶君升天的那日,街上还卖着一种糖,有柑子那么大小,在我们那里也有这东西,然而扁的,像一个厚厚的小烙饼。那就是所谓"胶牙饧"了。本意是在请灶君吃了,粘住他的牙,使他不能调嘴学舌,对玉帝说坏话。我们中国人意中的神鬼,似乎比活人要老实些,所以对鬼神要用这样的强硬手段,而于活人却只好请吃饭。

今之君子往往讳言吃饭,尤其是请吃饭。那自然是无足怪的,的确不大好听。只是北京的饭店那么多,饭局那么多,莫非都在食蛤蜊,谈风月,"酒酣耳热而歌呜呜"[3]么?不尽然的,的确也有许多"公论"从这些地方播种,只因为公论和请帖之间看不出蛛丝马迹,所以议论便堂哉皇哉了。但我的意见,却以为还是酒后的公论有情。人非木石,岂能一味谈理,碍于情面而偏过去了,在这里正有着人气息。况且中国是一向重情面的。何谓情面?明朝就有人解释过,曰:"情面者,面情之谓也。"[4]自然不知道他说什么,但也就可以懂得他说什么。在现今的世上,要有不偏不倚的公论,本来是一种梦想；即使是饭后的公评，酒后的宏议，也何尝不可姑妄听之呢。然而，倘以为那是真正老牌的公论，却一定上当，——但这也不能独归罪于公论家，社会上风行请吃饭而讳言请吃饭，使人们不得不虚假，那自然也应该分任其咎的。

记得好几年前，是"兵谏"[5]之后，有枪阶级专喜欢在天津会议的时候，有一个青年愤愤地告诉我道：他们那里是会议呢，在酒席上，在赌桌上，带着说几句就决定了。他就是受了"公论不发源于酒饭说"之骗的一个，所以永远是愤然，殊不知他那理想中的情形，怕要到二九二五年才会出现呢，或者竟许到三九二五年。

然而不以酒饭为重的老实人，却是的确也有的，要不然，中国自然还要坏。有些会议，从午后二时起，讨论问题，研究章程，此问彼难，风起云涌，一直到七八点，大家就无端觉得有些焦躁不安，脾气愈大了，议论愈纠纷了，章程愈渺茫了，虽说我们到讨论完毕后才散罢，但终于一哄而散，无结果。这就是轻视了吃饭的报应，六七点钟时分的焦躁不安，就是肚子对于本身和别人的警告，而大家误信了吃饭与讲公理无关的妖言，毫不瞅睬，所以肚子就使你演说也没精采，宣言也——连草稿都没有。

但我并不说凡有一点事情，总得到什么太平湖饭店，撷英番菜馆之类里去开大宴；我于那些店里都没有股本，犯不上替他们来拉主顾，人们也不见得都有这么多的钱。我不过说，发议论和请吃饭，现在还是有关系的；请吃饭之于发议论，现在也还是有益处的；虽然，这也是人情之常，无足深怪的。

顺便还要给热心而老实的青年们进一个忠告,就是没酒没饭的开会,时候不要开得太长,倘若时候已晚了,那么,买几个烧饼来吃了再说。这么一办,总可以比空着肚子的讨论容易有结果,容易得收场。

胶牙饧的强硬办法,用在灶君身上我不管它怎样,用之于活人是不大好的。倘是活人,莫妙于给他醉饱一次,使他自己不开口,却不是胶住他。中国人对人的手段颇高明,对鬼神却总有些特别,二十三夜的捉弄灶君即其一例,但说起来也奇怪,灶君竟至于到了现在,还仿佛没有省悟似的。

道士们的对付"三尸神"[6],可是更利害了。我也没有做过道士,详细是不知道的,但据"耳食之言",则道士们以为人身中有三尸神,到有一日,便乘人熟睡时,偷偷地上天去奏本身的过恶。这实在是人体本身中的奸细,《封神传演义》[7]常说的"三尸神暴躁,七窍生烟"的三尸神,也就是这东西。但据说要抵制他却不难,因为他上天的日子是有一定的,只要这一日不睡觉,他便无隙可乘,只好将过恶都放在肚子里,再看明年的机会了。连胶牙饧都没得吃,他实在比灶君还不幸,值得同情。

三尸神不上天,罪状都放在肚子里;灶君虽上天,满嘴是糖,在玉皇大帝面前含含胡胡地说了一通,又下来了。对于下界的情形,玉皇大帝一点也听不懂,一点也不知道,于是我们今年当然还是一切照旧,天下太平。

我们中国人对于鬼神也有这样的手段。

我们中国人虽然敬信鬼神;却以为鬼神总比人们傻,所以就用了特别的方法来处治他。至于对人,那自然是不同的了,但还是用了特别的方法来处治,只是不肯说;你一说,据说你就是卑视了他了。诚然,自以为看穿了的话,有时也的确反不免于浅薄。

二月五日。

＊　　＊　　＊

〔1〕　本篇最初发表于1926年2月11日《国民新报副刊》。

〔2〕　灶君　即灶神。《礼记·礼器》唐代孔颖达疏:"颛顼氏有子曰黎,为祝融,祀以为灶神。"又晋代葛洪《抱朴子·微旨》:"月晦之夜,灶神亦上天白人罪状。"旧俗以夏历十二月二十四日为灶神升天的日子,在这一天或前一天祭送灶神,称为送灶。

〔3〕　食蛤蜊　见《南史·王弘传》:"(融)初为司徒法曹,诣王僧祐,因遇沈昭略,未相识。昭略屡顾盼,谓主人曰:'是何年少?'融殊不平,谓曰:'仆出于扶桑,入于汤谷,照耀天下,谁云不知,而卿此问!'昭略云:'不知许事,且食蛤蜊。'"谈风月,见《梁书·徐勉传》,勉为吏部尚书,"常与门人夜集,客有虞暠求詹事五官。勉正色答云:'今夕止可谈风月,不宜及公事。'""酒酣耳热而歌呜呜",语出《汉书·杨恽传》,恽报孙会宗书:"田家作苦,岁时伏腊,烹羊炰羔,斗酒自劳。……酒后耳热,仰天拊缶而呼呜呜。"

〔4〕　"情面者,面情之谓也。"　这是明代周道登(崇祯初年的礼部尚书兼东阁大学士)对崇祯皇帝说的话,见竹坞遗民(文秉)著《烈皇小识》卷一:"上(崇祯)又问阁臣:'近来诸臣奏内,多有情面二字,何谓情面?'周道登对曰:'情面者,面情之谓也。'左右皆匿笑。"

〔5〕　"兵谏"　1917年第一次世界大战期间,北洋政府在参战问

题上,总统黎元洪和总理段祺瑞发生分歧。5月,段提出的对德宣战案未得国会通过,且被黎元洪免职。于是在段的指使下,安徽省长倪嗣冲首先通电独立,奉、鲁、闽、豫、浙、陕、直等省督军相继响应,皖督张勋也用"十三省省区联合会"(即所谓督军团)的名义电请黎元洪退职,他们自称这种行动为"兵谏"。

〔6〕"三尸神" 道教称在人体内作祟的"神"。据《太上三尸中经》说:"上尸名彭倨,在人头中;中尸名彭质,在人腹中;下尸名彭矫,在人足中。"又说每逢庚申那天,三尸神便上天去向天帝陈说人的罪恶;但只要人们"守庚申",即在这天晚上通宵不眠,便可避免。

〔7〕《封神传演义》 即《封神演义》,长篇小说,明代许仲琳(一说陆西星)著,共一百回。

谈　皇　帝[1]

　　中国人的对付鬼神，凶恶的是奉承，如瘟神和火神之类，老实一点的就要欺侮，例如对于土地或灶君。待遇皇帝也有类似的意思。君民本是同一民族，乱世时"成则为王败则为贼"，平常是一个照例做皇帝，许多个照例做平民；两者之间，思想本没有什么大差别。所以皇帝和大臣有"愚民政策"，百姓们也自有其"愚君政策"。

　　往昔的我家，曾有一个老仆妇，告诉过我她所知道，而且相信的对付皇帝的方法。她说——

　　"皇帝是很可怕的。他坐在龙位上，一不高兴，就要杀人；不容易对付的。所以吃的东西也不能随便给他吃，倘是不容易办到的，他吃了又要，一时办不到；——譬如他冬天想到瓜，秋天要吃桃子，办不到，他就生气，杀人了。现在是一年到头给他吃波菜，一要就有，毫不为难。但是倘说是波菜，他又要生气的，因为这是便宜货，所以大家对他就不称为波菜，另外起一个名字，叫作'红嘴绿鹦哥'。"

　　在我的故乡，是通年有波菜的，根很红，正如鹦哥的嘴一样。

　　这样的连愚妇人看来，也是呆不可言的皇帝，似乎大可以不要了。然而并不，她以为要有的，而且应该听凭他作威作福。至于用处,仿佛在靠他来镇压比自己更强梁的别人,所以随便杀人,正是非备不可的要件。然而倘使自己遇到,且须侍奉呢?可又觉得有些危险了,因此只好又将他练成傻子,终年耐心地专吃着"红嘴绿鹦哥"。

其实利用了他的名位,"挟天子以令诸侯"[2]的,和我那老仆妇的意思和方法都相同,不过一则又要他弱,一则又要他愚。儒家的靠了"圣君"来行道也就是这玩意,因为要"靠",所以要他威重,位高;因为要便于操纵,所以又要他颇老实,听话。

皇帝一自觉自己的无上威权,这就难办了。既然"普天之下,莫非皇土"[3],他就胡闹起来,还说是"自我得之,自我失之,我又何恨"[4]哩!于是圣人之徒也只好请他吃"红嘴绿鹦哥"了,这就是所谓"天"。据说天子的行事,是都应该体帖天意,不能胡闹的;而这"天意"也者,又偏只有儒者们知道着。

这样,就决定了:要做皇帝就非请教他们不可。

然而不安分的皇帝又胡闹起来了。你对他说"天"么,他却道,"我生不有命在天?!"[5]岂但不仰体上天之意而已,还逆天,背天,"射天"[6],简直将国家闹完,使靠天吃饭的圣贤君子们,哭不得,也笑不得。

于是乎他们只好去著书立说,将他骂一通,豫计百年之后,即身殁之后,大行于时,自以为这就了不得。

但那些书上,至多就止记着"愚民政策"和"愚君政策"全都不成功。

二月十七日。

＊　　＊　　＊

〔1〕 本篇最初发表于1926年3月9日《国民新报副刊》。

〔2〕 "挟天子以令诸侯"　语出《三国志·诸葛亮传》。诸葛亮在隆中对刘备评论曹操时说："今操已拥百万之众,挟天子以令诸侯,此诚不可与争锋。"

〔3〕 "普天之下,莫非皇土"　语出《诗经·小雅·北山》："溥天之下,莫非王土;率土之滨,莫非王臣。"《春秋左传》昭公七年引此诗"溥"作"普"。

〔4〕 "自我得之,自我失之,我又何恨"　语出《梁书·邵陵王纶传》。太清三年(549)三月,侯景陷建康,"高祖(梁武帝萧衍)叹曰:自我得之,自我失之,亦复何恨!"

〔5〕 "我生不有命在天"　语出《尚书·西北戡黎》："王(商纣王)曰:呜呼!我生不有命在天?"

〔6〕 "射天"　见《史记·殷本纪》："帝武乙无道,为偶人,谓之天神。与之博,令人为行。天神不胜,乃僇辱之。为革囊,盛血,卬(仰)而射之,命曰'射天'。"

无花的蔷薇[1]

1

又是 Schopenhauer 先生的话——

"无刺的蔷薇是没有的。——然而没有蔷薇的刺却很多。"[2]

题目改变了一点,较为好看了。

"无花的蔷薇"也还是爱好看。

2

去年,不知怎的这位叔本华尔先生忽然合于我们国度里的绅士们的脾胃了,便拉扯了他的一点《女人论》[3];我也就夹七夹八地来称引了好几回,可惜都是刺,失了蔷薇,实在大煞风景,对不起绅士们。

记得幼小时候看过一出戏,名目忘却了,一家正在结婚,而勾魂的无常鬼已到,夹在婚仪中间,一同拜堂,一同进房,一同坐床……实在大煞风景,我希望我还不至于这样。

3

有人说我是"放冷箭者"[4]。

我对于"放冷箭"的解释,颇有些和他们一流不同,是说有人受伤,而不知这箭从什么地方射出。所谓"流言"者,庶几近之。但是我,却明明站在这里。

但是我,有时虽射而不说明靶子是谁,这是因为初无"与众共弃"之心,只要该靶子独自知道,知道有了洞,再不要面皮鼓得急绷绷,我的事就完了。

4

蔡子民[5]先生一到上海,《晨报》就据国闻社电报郑重地发表他的谈话,而且加以按语,以为"当为历年潜心研究与冷眼观察之结果,大足诏示国人,且为知识阶级所注意也。"

我很疑心那是胡适之先生的谈话,国闻社的电码有些错误了。

5

豫言者,即先觉,每为故国所不容,也每受同时人的迫害,大人物也时常这样。他要得人们的恭维赞叹时,必须死掉,或者沉默,或者不在面前。

总而言之,第一要难于质证。

如果孔丘,释迦,耶稣基督[6]还活着,那些教徒难免要恐慌。对于他们的行为,真不知道教主先生要怎样慨叹。

所以,如果活着,只得迫害他。

待到伟大的人物成为化石,人们都称他伟人时,他已经变了傀儡了。

有一流人之所谓伟大与渺小,是指他可给自己利用的效果的大小而言。

6

法国罗曼罗兰先生今年满六十岁了。晨报社为此征文,徐志摩先生于介绍之余,发感慨道:"……但如其有人拿一些时行的口号,什么打倒帝国主义等等,或是分裂与猜忌的现象,去报告罗兰先生说这是新中国,我再也不能预料他的感想了。"[7](《晨副》一二九九)

他住得远,我们一时无从质证,莫非从"诗哲"的眼光看来,罗兰先生的意思,是以为新中国应该欢迎帝国主义的么?

"诗哲"又到西湖看梅花去了,一时也无从质证。不知孤山的古梅,著花也未,可也在那里反对中国人"打倒帝国主义"?

7

志摩先生曰:"我很少夸奖人的。但西滢就他学法郎士的文章说,我敢说,已经当得起一句天津话:'有根'了。"而且"像西滢这样,在我看来,才当得起'学者'的名词。"[8](《晨副》一四二三)

西滢教授曰:"中国的新文学运动,方在萌芽,可是稍有贡献的人,如胡适之,徐志摩,郭沫若,郁达夫,丁西林,周氏兄弟等等都是曾经研究过他国文学的人。尤其是志摩他非但在

思想方面,就是在体制方面,他的诗及散文,都已经有一种中国文学里从来不曾有过的风格。"〔9〕(《现代》六三)

虽然抄得麻烦,但中国现今"有根"的"学者"和"尤其"的思想家及文人,总算已经互相选出了。

8

志摩先生曰:"鲁迅先生的作品,说来大不敬得很,我拜读过很少,就只《呐喊》集里两三篇小说,以及新近因为有人尊他是中国的尼采他的《热风》集里的几页。他平常零星的东西,我即使看也等于白看,没有看进去或是没有看懂。"〔10〕(《晨副》一四三三)

西滢教授曰:"鲁迅先生一下笔就构陷人家的罪状。……可是他的文章,我看过了就放进了应该去的地方——说句体己话,我觉得它们就不应该从那里出来——手边却没有。"〔11〕(同上)

虽然抄得麻烦,但我总算已经被中国现在"有根"的"学者"和"尤其"的思想家及文人协力踏倒了。

9

但我愿奉还"曾经研究过他国文学"的荣名。"周氏兄弟"之一,一定又是我了。我何尝研究过什么呢,做学生时候看几本外国小说和文人传记,就能算"研究过他国文学"么?

该教授——恕我打一句"官话"——说过,我笑别人称他们为"文士",而不笑"某报天天鼓吹"我是"思想界的权威者"。现在不了,不但笑,简直唾弃它。

10

其实呢,被毁则报,被誉则默,正是人情之常。谁能说人的左颊既受爱人接吻而不作一声,就得援此为例,必须默默地将右颊给仇人咬一口呢?

我这回的竟不要那些西滢教授所颁赏陪衬的荣名,"说句体己话"罢,实在是不得已。我的同乡不是有"刑名师爷"的么?他们都知道,有些东西,为要显示他伤害你的时候的公正,在不相干的地方就称赞你几句,似乎有赏有罚,使别人看去,很像无私……。

"带住!"又要"构陷人家的罪状"了。只是这一点,就已经够使人"即使看也等于白看",或者"看过了就放进了应该去的地方"了。

二月二十七日。

* * *

〔1〕 本篇最初发表于1926年3月8日《语丝》周刊第六十九期。

〔2〕 Schopenhauer 叔本华。这里的引文据1916年德文版《叔本华全集》第六卷《比喻·隐喻和寓言》,可译为:"没有无刺的蔷薇。——但不是蔷薇的刺却很多。"

〔3〕 《女人论》 即《妇人论》,叔本华关于妇女的一篇文章,曾由张慰慈译为中文,题为《妇女论》,载于1925年10月14、15日《晨报副刊》。译文前有徐志摩的一篇介绍文章《叔本华与叔本华的妇女论》。

〔4〕 "放冷箭者" 陈西滢在1926年1月30日《晨报副刊》发表的《致志摩》中攻击鲁迅说:"他没有一篇文章里不放几枝冷箭"。

〔5〕 蔡孑民(1868—1940) 名元培,字鹤卿,号孑民,浙江绍兴人,清光绪进士,曾任翰林院编修。近代教育家。1904年与章太炎等组织光复会,任会长,1905年参加同盟会。历任北洋政府教育总长、北京大学校长、国民党政府中央研究院院长等职;"五四"时期,他赞成和支持新文化运动。1926年2月3日,他由欧洲回抵上海,对国闻社记者发表关于国内政治教育等问题的谈话,说"对政制赞可联省自治。对学生界现象极不满。谓现实问题,固应解决,尤须有人埋头研究,以规将来"等等(见1926年2月5日北京《晨报》),这与胡适的主张相似,鲁迅在这里说"疑心那是胡适之先生的谈话",是对蔡的一种比较委婉的批评。

〔6〕 耶稣基督(约前4—30) 基督教创始人。基督,即救世主。

〔7〕 此段文字引自徐志摩在1925年10月31日《晨报副刊》发表的《罗曼罗兰》一文。文中说印度加尔各答大学教授卡立大斯拉格(Kalidas Nag)"专为法国罗曼罗兰明年六十整寿征文"写信给他,说"罗曼罗兰先生自己极想望从'新中国'听到他思想的回响"。

〔8〕 此段引自徐志摩在1926年1月13日《晨报副刊》发表的《"闲话"引出来的闲话》。

〔9〕 此段引自陈西滢在《现代评论》第三卷第六十三期(1926年2月20日)发表的《闲话》。

〔10〕 此段引自徐志摩在1926年1月30日《晨报副刊》发表的《关于下面一束通信告读者们》。

〔11〕 此段引自陈西滢的《致志摩》。

无花的蔷薇之二[1]

1

英国勃尔根[2]贵族曰:"中国学生只知阅英文报纸,而忘却孔子之教。英国之大敌,即此种极力诅咒帝国而幸灾乐祸之学生。……中国为过激党之最好活动场……。"(一九二五年六月三十日伦敦路透电。)

南京通信云:"基督教城中会堂聘金大教授某神学博士讲演,中有谓孔子乃耶稣之信徒,因孔子吃睡时皆祷告上帝。当有听众……质问何所据而云然;博士语塞。时乃有教徒数人,突紧闭大门,声言'发问者,乃苏俄卢布买收来者'。当呼警捕之。……"(三月十一日《国民公报》。)

苏俄的神通真是广大,竟能买收叔梁纥[3],使生孔子于耶稣之前,则"忘却孔子之教"和"质问何所据而云然"者,当然都受着卢布的驱使无疑了。

2

西滢教授曰:"听说在'联合战线'中,关于我的流言特别多,并且据说我一个人每月可以领到三千元。'流言'是在口上流的,在纸上到也不大见。"[4](《现代》六十五。)

该教授去年是只听到关于别人的流言的,却由他在纸上发表;据说今年却听到关于自己的流言了,也由他在纸上发表。"一个人每月可以领到三千元",实在特别荒唐,可见关于自己的"流言"都不可信。但我以为关于别人的似乎倒是近理者居多。

3

据说"孤桐先生"下台之后,他的什么《甲寅》居然渐渐的有了活气了。可见官是做不得的。[5]

然而他又做了临时执政府秘书长了,不知《甲寅》可仍然还有活气? 如果还有,官也还是做得的……。

4

已不是写什么"无花的蔷薇"的时候了。

虽然写的多是刺,也还要些和平的心。

现在,听说北京城中,已经施行了大杀戮了。[6]当我写出上面这些无聊的文字的时候,正是许多青年受弹饮刃的时候。呜呼,人和人的魂灵,是不相通的。

5

中华民国十五年三月十八日,段祺瑞政府使卫兵用步枪大刀,在国务院门前包围虐杀徒手请愿,意在援助外交之青年男女,至数百人之多。还要下令,诬之曰"暴徒"!

如此残虐险狠的行为,不但在禽兽中所未曾见,便是在人类中也极少有的,除却俄皇尼古拉二世使可萨克兵击杀民众的事[7],仅有一点相像。

6

中国只任虎狼侵食,谁也不管。管的只有几个年青的学生,他们本应该安心读书的,而时局漂摇得他们安心不下。假如当局者稍有良心,应如何反躬自责,激发一点天良?

然而竟将他们虐杀了!

7

假如这样的青年一杀就完,要知道屠杀者也决不是胜利者。

中国要和爱国者的灭亡一同灭亡。屠杀者虽然因为积有金资,可以比较长久地养育子孙,然而必至的结果是一定要到的。"子孙绳绳"[8]又何足喜呢?灭亡自然较迟,但他们要住最不适于居住的不毛之地,要做最深的矿洞的矿工,要操最下贱的生业……。

8

如果中国还不至于灭亡,则已往的史实示教过我们,将来的事便要大出于屠杀者的意料之外——

这不是一件事的结束,是一件事的开头。

墨写的谎说,决掩不住血写的事实。

血债必须用同物偿还。拖欠得愈久,就要付更大的利息!

9

以上都是空话。笔写的,有什么相干?

实弹打出来的却是青年的血。血不但不掩于墨写的谎语,不醉于墨写的挽歌;威力也压它不住,因为它已经骗不过,打不死了。

三月十八日,民国以来最黑暗的一天,写。

※　　※　　※

〔1〕 本篇最初发表于1926年3月29日《语丝》周刊第七十二期。

〔2〕 勃尔根　当时英国的印度内务部部长。这里引的是他在伦敦中央亚洲协会演说中的话(见1925年7月2日《京报》)。

〔3〕 叔梁纥　春秋时鲁国人,孔子的父亲。按孔子生于公元前551年,比耶稣生年早五百多年。

〔4〕 关于《现代评论》收受津贴一事,《猛进》周刊第三十一期(1925年10月2日)曾有一篇署名蔚麟的通信,其中说:"《现代评论》因为受了段祺瑞、章士钊的几千块钱,吃着人的嘴软,拿着人的手软,对于段祺瑞、章士钊的一切胡作非为,绝不敢说半个不字。"又章川岛在《语丝》第六十八期(1926年3月1日)的一篇通信里也曾说到这津贴问题:"据说现代评论社开办时,确曾由章士钊经手弄到一千元,大概不是章士钊自己掏腰包的,来路我也不明。……然而这也许是流言,正如西滢之捧章士钊是否由于大洋,我概不确知。"这两篇通信都揭露了当时《现代评论》收受津贴的事实;对于这两篇通信,陈西滢在《现代评论》第三卷第六十五期(1926年3月6日)的《闲话》里曾经加以辩解,说他个人并未"每月领到三千元",只要有人能够证明他"领受过三百

元,三十元,三元,三毛,甚而至于三个铜子",那他"就不再说话"。但对于《现代评论》收受过段祺瑞津贴的事实,则避而不答。又,这里的"联合战线"一语,最初出自《莽原》周刊第二十期(1925年9月4日)霉江致鲁迅的信中:"我今天上午着手草《联合战线》一文,致猛进社、语丝社、莽原社同人及全国的叛徒们,目的是将三社同人及其他同志联合起来,印行一种刊物,注全力进攻我们本阶级的恶势力的代表:一系反动派的章士钊的《甲寅》,一系与反动派朋比为奸的《现代评论》。"

〔5〕 这是陈西滢的话,参看本书第38页注〔11〕。

〔6〕 指三一八惨案。1926年3月,在冯玉祥国民军与奉系军阀张作霖、李景林等作战期间,日本帝国主义者因见奉军战事失利,便公开出面援助,于12日以军舰两艘驶进大沽口,炮击国民军守军,国民军亦开炮还击,于是日本便向段祺瑞政府提出抗议,并联合英、美、法、意、荷、比、西等国,借口维护《辛丑条约》,于3月16日以八国名义提出最后通牒,要求停止津沽间的军事行动和撤除防务等等,并限于四十八小时以内答复,否则,"关系各国海军当局,决采所认为必要之手段"。北京各界民众为反对日本帝国主义这种侵犯中国主权的行为,于3月18日在天安门集会抗议,会后结队赴段祺瑞执政府请愿;不料在国务院门前,段祺瑞竟命令卫队开枪射击,并用大刀铁棍追打砍杀,当场和事后因重伤而死者四十七人,伤者一百五十余人,造成了帝国主义和封建军阀互相勾结屠杀中国民众的大惨案。

〔7〕 1905年1月22日(俄历一月九日),彼得堡工人因反对开除工人和要求改善生活,带着眷属到冬宫请愿;俄皇尼古拉二世却命令士兵开枪。结果,有一千多人被击毙,两千多人受伤。这天是星期日,史称"流血的星期日"。

〔8〕 "子孙绳绳" 语出《诗经·大雅·抑》:"子孙绳绳,万民靡不承。"绳绳,相承不绝的样子。

"死　地"[1]

从一般人,尤其是久受异族及其奴仆鹰犬的蹂躏的中国人看来,杀人者常是胜利者,被杀者常是劣败者。而眼前的事实也确是这样。

三月十八日段政府惨杀徒手请愿的市民和学生的事,本已言语道断[2],只使我们觉得所住的并非人间。但北京的所谓言论界,总算还有评论,虽然纸笔喉舌,不能使洒满府前的青年的热血逆流入体,仍复苏生转来。无非空口的呼号,和被杀的事实一同逐渐冷落。

但各种评论中,我觉得有一些比刀枪更可以惊心动魄者在。这就是几个论客,以为学生们本不应当自蹈死地[3],前去送死的。倘以为徒手请愿是送死,本国的政府门前是死地,那就中国人真将死无葬身之所,除非是心悦诚服地充当奴子,"没齿而无怨言"[4]。不过我还不知道中国人的大多数人的意见究竟如何。假使也这样,则岂但执政府前,便是全中国,也无一处不是死地了。

人们的苦痛是不容易相通的。因为不易相通,杀人者便以杀人为唯一要道,甚至于还当作快乐。然而也因为不容易相通,所以杀人者所显示的"死之恐怖",仍然不能够儆戒后来,使人民永远变作牛马。历史上所记的关于改革的事,总是先仆后继者,大部分自然是由于公义,但人们的未经"死之恐怖",即不容易为"死之恐怖"所慑,我以为也是一个很大的原因。

但我却恳切地希望:"请愿"的事,从此可以停止了。倘用了这许多血,竟换得一个这样的觉悟和决心,而且永远纪念着,则似乎还不算是很大的折本。

世界的进步,当然大抵是从流血得来。但这和血的数量,是没有关系的,因为世上也尽有流血很多,而民族反而渐就灭亡的先例。即如这一回,以这许多生命的损失,仅博得"自蹈死地"的批判,便已将一部分人心的机微示给我们,知道在中国的死地是极其广博。

现在恰有一本罗曼罗兰的《Le Jeu de L'Amour et de La Mort》[5]在我面前,其中说:加尔是主张人类为进步计,即不妨有少许污点,万不得已,也不妨有一点罪恶的;但他们却不愿意杀库尔跋齐,因为共和国不喜欢在臂膊上抱着他的死尸,因为这过于沉重。

会觉得死尸的沉重,不愿抱持的民族里,先烈的"死"是后人的"生"的唯一的灵药,但倘在不再觉得沉重的民族里,却不过是压得一同沦灭的东西。

中国的有志于改革的青年,是知道死尸的沉重的,所以总是"请愿"。殊不知别有不觉得死尸的沉重的人们在,而且一并屠杀了"知道死尸的沉重"的心。

死地确乎已在前面。为中国计,觉悟的青年应该不肯轻死了罢。

三月二十五日。

※　　※　　※

〔1〕 本篇最初发表于1926年3月30日《国民新报副刊》。

〔2〕 言语道断　佛家语。《璎珞经》："言语道断,心行处灭。""言语道断",原意是不可言说,这里表示悲愤到无话可说。

〔3〕 死地　三一八惨案发生后,3月20日《晨报》"时论"栏发表林学衡的《为青年流血问题敬告全国国民》一文,诬称爱国青年"激于意气,挺(铤)而走险,乃陷入奸人居间利用之彀中",指责徐谦等"驱千百珍贵青年为孤注一掷……必欲置千百珍贵青年于死地",同时该文还攻击"共产派诸君故杀青年,希图利己"。3月22日,《晨报》又发表陈渊泉写的题为《群众领袖安在》的社论说:"纯洁爱国之百数十青年即间接死于若辈(按即他所谓"群众领袖")之手"。

〔4〕 "没齿而无怨言"　语出《论语·宪问》:管仲"夺伯氏骈邑三百,饭疏食,没齿无怨言。"没齿,终身之意。

〔5〕 《Le Jeu de L'Amour et de La Mort》《爱与死的搏斗》,罗曼·罗兰以法国大革命为题材的剧本之一,作于1924年。其中有这样的情节:国约议会议员库尔跋齐因反对罗伯斯庇尔捕杀丹东,在议会投票判决丹东死刑时,他放弃投票,并中途退出会场;同时他的妻子又在家中接待一个被通缉的吉隆德派分子(她的情人),被人告发。他的朋友政治委员会委员加尔来到他家,告以委员会要他公开宣布对被通缉者的态度;在他拒绝以后,加尔便给予两张事先准备好的假名假姓的护照,劝他带着妻子一同逃走,并告诉他已得到罗伯斯庇尔的默许。鲁迅这里所举的是加尔在这时候对库尔跋齐所说的话。

可惨与可笑[1]

三月十八日的惨杀事件,在事后看来,分明是政府布成的罗网,纯洁的青年们竟不幸而陷下去了,死伤至于三百多人[2]。这罗网之所以布成,其关键就全在于"流言"的奏了功效。

这是中国的老例,读书人的心里大抵含着杀机,对于异己者总给他安排下一点可死之道。就我所眼见的而论,凡阴谋家攻击别一派,光绪年间用"康党"[3],宣统年间用"革党"[4],民二以后用"乱党"[5],现在自然要用"共产党"了。其实,去年有些"正人君子"们称别人为"学棍""学匪"的时候,就有杀机存在,因为这类诨号,和"臭绅士""文士"之类不同,在"棍""匪"字里,就藏着可死之道的。但这也许是"刀笔吏"式的深文周纳[6]。

去年,为"整顿学风"计,大传播学风怎样不良的流言,学匪怎样可恶的流言,居然很奏了效。今年,为"整顿学风"[7]计,又大传播共产党怎样活动,怎样可恶的流言,又居然很奏了效。于是便将请愿者作共产党论,三百多人死伤了,如果有一个所谓共产党的首领死在里面,就更足以证明这请愿就是"暴动"。

可惜竟没有。这该不是共产党了罢。据说也还是的,但他们全都逃跑了,所以更可恶。而这请愿也还是暴动,做证据的有一根木棍,两支手枪,三瓶煤油。姑勿论这些是否群众所携去的东西;即使真是,而死伤三百多人所携的武器竟不过这一点,这是怎样可怜的暴动呵!

但次日,徐谦,李大钊,李煜瀛,易培基,顾兆熊的通缉令[8]发表了。因为他们"啸聚群众",像去年女子师范大学生的"啸聚男生"(章士钊解散女子师范大学呈文语)一样,"啸聚"了带着一根木棍,两支手枪,三瓶煤油的群众。以这样的群众来颠覆政府,当然要死伤三百多人;而徐谦们以人命为儿戏到这地步,那当然应该负杀人之罪了;而况自己又不到场,或者全都逃跑了呢?

以上是政治上的事,我其实不很了然。但从别一方面看来,所谓"严拿"者,似乎倒是赶走;所谓"严拿"暴徒者,似乎不过是赶走北京中法大学校长兼清室善后委员会[9]委员长(李),中俄大学校长(徐),北京大学教授(李大钊),北京大学教务长(顾),女子师范大学校长(易);其中的三个又是俄款委员会[10]委员:一共空出九个"优美的差缺"[11]也。

同日就又有一种谣言,便是说还要通缉五十多人;但那姓名的一部分,却至今日才见于《京报》。[12]这种计画,在目下的段祺瑞政府的秘书长章士钊之流的脑子里,是确实会有的。国事犯多至五十余人,也是中华民国的一个壮观;而且大概多是教员罢,倘使一同放下五十多个"优美的差缺",逃出北京,在别的地方开起一个学校来,倒也是中华民国的一件趣事。

那学校的名称,就应该叫作"啸聚"学校。

三月二十六日。

※　　※　　※

〔1〕 本篇最初发表于1926年3月28日《京报副刊》。

〔2〕 三一八惨案死伤应为二百多人。参看本卷第91页注〔6〕。

〔3〕 "康党" 指清末参加和赞同康有为等变法维新的人。

〔4〕 "革党" 指参加和赞同孙中山领导的推翻清朝统治的民主革命运动的人。

〔5〕 "乱党" 1913年,孙中山领导的讨袁战争(二次革命)失败后,袁世凯就把国民党作为"乱党"取缔。

〔6〕 深文周纳 歪曲或苛刻地援用法律条文,罗织罪名,陷人于罪。《汉书·路温舒传》:"上奏畏却,则锻炼而周内(纳)之。"

〔7〕 "整顿学风" 指1926年3月6日,西北边防督办张之江致电执政段祺瑞和总理贾德耀,说当时"学风日窳,士习日偷……现已(男女)合校,复欲共妻","江窃以为中国之可虑者,不在内忧,不在外患,惟此邪说流行,甚于洪水猛兽。"请段祺瑞"设法抑制","整顿学风"。段祺瑞接到电报后,除令秘书长章士钊复电"嘉许"外,并将原电通知国务院,责成教育部会同军警机关,切实整顿学风。去年的"整顿学风",参看本书第33页注〔12〕。

〔8〕 通缉令 三一八惨案发生后,段祺瑞政府下令通缉徐谦等五人,说他们"假借共产学说,啸聚群众,屡肇事端。本日徐谦以共产党执行委员会名义,散布传单,率领暴徒数百人,闯袭国务院,泼灌火油,抛掷炸弹,手枪木棍,丛击军警。……徐谦等并着京内外一体严拿,尽法惩办,用儆效尤。"徐谦(1871—1940),字季龙,安徽歙县人。李大钊(1889—1927),字守常,河北乐亭人。李煜瀛(1881—1973),字石曾,河北高阳人。易培基(1880—1973),字寅村,湖南长沙人。顾兆熊(1888—1972),字孟余,河北宛平(今属北京)人。

〔9〕 清室善后委员会 1924年11月冯玉祥国民军驱逐溥仪出

宫后,北洋政府为办理清室善后事宜和接收故宫文物而设的机构。

〔10〕 俄款委员会　即俄国退还庚子赔款委员会。1917年俄国十月革命成功后,苏俄政府于1919年7月25日发表《告中国人民和南北政府宣言》,宣布放弃帝俄在中国的一切特权,包括退还庚子赔款中尚未付给的部分。1924年5月,两国签订《中俄协定》,其中规定退款用途,除偿付中国政府业经以俄款为抵押品的各项债务外,余数全用于中国教育事业,由中苏两国派员合组一基金委员会(俄国退还庚子赔款委员会)负责处理。这里所说的三个委员,即李煜瀛、徐谦、顾兆熊。

〔11〕 "优美的差缺"　这是引用陈西滢的话。他在《现代评论》第三卷第六十五期(1926年3月6日)的《闲话》里说:"在北京学界一年来的几次风潮中,一部分强有力者的手段和意见,常常不为另一部分人所赞同,这一部分强有力者就加不赞成他们的人们一个'捧章'的头衔。然而这成了问题了。……不'捧章'而捧反章者,既然可以得到许多优美的差缺,而且可以受好几个副刊小报的拥戴,为什么还要去'捧章'呢?"

〔12〕 1926年3月26日《京报》登载消息说:"该项通缉令所罗织之罪犯闻竟有五十人之多,如……周树人(原注:即鲁迅)、许寿裳、马裕藻……等,均包括在内。"

记念刘和珍君[1]

一

中华民国十五年三月二十五日,就是国立北京女子师范大学为十八日在段祺瑞执政府前遇害的刘和珍杨德群[2]两君开追悼会的那一天,我独在礼堂外徘徊,遇见程君[3],前来问我道,"先生可曾为刘和珍写了一点什么没有?"我说"没有"。她就正告我,"先生还是写一点罢;刘和珍生前就很爱看先生的文章。"

这是我知道的,凡我所编辑的期刊,大概是因为往往有始无终之故罢,销行一向就甚为寥落,然而在这样的生活艰难中,毅然预定了《莽原》[4]全年的就有她。我也早觉得有写一点东西的必要了,这虽然于死者毫不相干,但在生者,却大抵只能如此而已。倘使我能够相信真有所谓"在天之灵",那自然可以得到更大的安慰,——但是,现在,却只能如此而已。

可是我实在无话可说。我只觉得所住的并非人间。四十多个青年的血,洋溢在我的周围,使我艰于呼吸视听,那里还能有什么言语?长歌当哭,是必须在痛定之后的。而此后几个所谓学者文人的阴险的论调,尤使我觉得悲哀。我已经出离愤怒了。我将深味这非人间的浓黑的悲凉;以我的最大哀痛显示于非人间，使它们快意于我的苦痛，就将这作为后死者的菲薄的祭品，奉献于逝者的灵前。

二

真的猛士，敢于直面惨淡的人生，敢于正视淋漓的鲜血。这是怎样的哀痛者和幸福者？然而造化又常常为庸人设计，以时间的流驶，来洗涤旧迹，仅使留下淡红的血色和微漠的悲哀。在这淡红的血色和微漠的悲哀中，又给人暂得偷生，维持着这似人非人的世界。我不知道这样的世界何时是一个尽头！

我们还在这样的世上活着；我也早觉得有写一点东西的必要了。离三月十八日也已有两星期，忘却的救主快要降临了罢，我正有写一点东西的必要了。

三

在四十余被害的青年之中，刘和珍君是我的学生。学生云者，我向来这样想，这样说，现在却觉得有些踌躇了，我应该对她奉献我的悲哀与尊敬。她不是"苟活到现在的我"的学生，是为了中国而死的中国的青年。

她的姓名第一次为我所见，是在去年夏初杨荫榆女士做女子师范大学校长，开除校中六个学生自治会职员的时候。[5]其中的一个就是她；但是我不认识。直到后来，也许已经是刘百昭率领男女武将,强拖出校之后了,才有人指着一个学生告诉我,说:这就是刘和珍。其时我才能将姓名和实体联合起来,心中却暗自诧异。我平素想,能够不为势利所屈,反抗一广有羽翼的校长的学生,无论如何,总该是有些桀骜锋利的,但她却常常微笑着,态度很温和。待到偏安于宗帽胡同[6],赁屋授课之后,她才始来听我的讲义,于是见面的回数就较多了,也还是始终微笑着,态度很温和。待到学校恢复旧观[7],往日的教职员以为责任已尽,准备陆续引退的时候,我才见她虑及母校前途,黯然至于泣下。此后似乎就不相见。总之,在我的记忆上,那一次就是永别了。

四

我在十八日早晨,才知道上午有群众向执政府请愿的事;下午便得到噩耗,说卫队居然开枪,死伤至数百人,而刘和珍君即在遇害者之列。但我对于这些传说,竟至于颇为怀疑。我向来是不惮以最坏的恶意,来推测中国人的,然而我还不料,也不信竟会下劣凶残到这地步。况且始终微笑着的和蔼的刘和珍君,更何至于无端在府门前喋血呢?

然而即日证明是事实了,作证的便是她自己的尸骸。还有一具,是杨德群君的。而且又证明着这不但是杀害,简直是虐杀,因为身体上还有棍棒的伤痕。

但段政府就有令,说她们是"暴徒"!

但接着就有流言,说她们是受人利用的。

惨象,已使我目不忍视了;流言,尤使我耳不忍闻。我还有什么话可说呢?我懂得衰亡民族之所以默无声息的缘由了。沉默呵,沉默呵!不在沉默中爆发,就在沉默中灭亡。

五

但是,我还有要说的话。

我没有亲见;听说,她,刘和珍君,那时是欣然前往的。自然,请愿而已,稍有人心者,谁也不会料到有这样的罗网。但竟在执政府前中弹了,从背部入,斜穿心肺,已是致命的创伤,只是没有便死。同去的张静淑[8]君想扶起她,中了四弹,其一是手枪,立仆;同去的杨德群君又想去扶起她,也被击,弹从左肩入,穿胸偏右出,也立仆。但她还能坐起来,一个兵在她头部及胸部猛击两棍,于是死掉了。

始终微笑的和蔼的刘和珍君确是死掉了,这是真的,有她自己的尸骸为证;沉勇而友爱的杨德群君也死掉了,有她自己的尸骸为证;只有一样沉勇而友爱的张静淑君还在医院里呻吟。当三个女子从容地转辗于文明人所发明的枪弹的攒射中的时候,这是怎样的一个惊心动魄的伟大呵!中国军人的屠戮妇婴的伟绩,八国联军的惩创学生的武功,不幸全被这几缕血痕抹杀了。

但是中外的杀人者却居然昂起头来,不知道个个脸上有着血污……。

六

时间永是流驶,街市依旧太平,有限的几个生命,在中国是不算什么的,至多,不过供无恶意的闲人以饭后的谈资,或者给有恶意的闲人作"流言"的种子。至于此外的深的意义,我总觉得很寥寥,因为这实在不过是徒手的请愿。人类的血战前行的历史,正如煤的形成,当时用大量的木材,结果却只是一小块,但请愿是不在其中的,更何况是徒手。

然而既然有了血痕了,当然不觉要扩大。至少,也当浸渍了亲族,师友,爱人的心,纵使时光流驶,洗成绯红,也会在微漠的悲哀中永存微笑的和蔼的旧影。陶潜[9]说过,"亲戚或余悲,他人亦已歌,死去何所道,托体同山阿。"倘能如此,这也就够了。

七

我已经说过:我向来是不惮以最坏的恶意来推测中国人的。但这回却很有几点出于我的意外。一是当局者竟会这样地凶残,一是流言家竟至如此之下劣,一是中国的女性临难竟能如是之从容。

我目睹中国女子的办事,是始于去年的,虽然是少数,但看那干练坚决,百折不回的气概,曾经屡次为之感叹。至于这一回在弹雨中互相救助,虽殒身不恤的事实,则更足为中国女子的勇毅，虽遭阴谋秘计，压抑至数千年，而终于没有消亡的明证了。倘要寻求这一次死伤者对于将来的意义，意义就在此罢。

苟活者在淡红的血色中，会依稀看见微茫的希望；真的猛士，将更奋然而前行。

呜呼，我说不出话，但以此记念刘和珍君！

四月一日。

* * *

〔1〕 本篇最初发表于1926年4月12日《语丝》周刊第七十四期。

〔2〕 刘和珍（1904—1926） 江西南昌人，北京女子师范大学英文系学生。杨德群（1902—1926），湖南湘阴人，北京女子师范大学国文系预科学生。

〔3〕 程君 指程毅志，湖北孝感人，北京女子师范大学教育系学生。

〔4〕 《莽原》 文艺刊物，鲁迅编辑，1925年4月24日创刊于北京。初为周刊，附《京报》发行，同年11月27日出至第三十二期休刊。1926年1月10日改为半月刊，未名社出版。1926年8月鲁迅离开北京后，由韦素园接编，1927年12月25日出至第四十八期停刊。这里所说的"毅然预定了《莽原》全年"，指《莽原》半月刊。

〔5〕 在北京女子师范大学学生反对校长杨荫榆的风潮中，杨于1925年5月7日借召开"国耻纪念会"之机，强行登台做主席，但当即为全场学生的嘘声所驱赶。下午，她在西安饭店召集若干教员宴饮，策划迫害学生。9日，以评议会名义开除许广平、刘和珍、蒲振声、张平江、郑

德音、姜伯谛等六个学生自治会职员的学籍。

　　〔6〕 偏安于宗帽胡同　反对杨荫榆的女师大学生被赶出学校后,在西城宗帽胡同租赁房屋作为临时校舍,于1925年9月21日开学。当时鲁迅和部分教师曾去义务授课,表示支持。

　　〔7〕 学校恢复旧观　女师大学生经过一年多的斗争,在社会进步力量的声援下,于1925年11月30日迁回宣武门内石驸马大街原址,宣告复校。

　　〔8〕 张静淑(1902—1978)　湖南长沙人,北京女子师范大学教育系学生。受伤后经医治,幸得不死。

　　〔9〕 陶潜(约372—427)　一名渊明,字元亮,浔阳柴桑(今江西九江)人,东晋诗人。这里引用的是他所作《挽歌》中的四句。

空　　谈[1]

一

请愿的事,我一向就不以为然的,但并非因为怕有三月十八日那样的惨杀。那样的惨杀,我实在没有梦想到,虽然我向来常以"刀笔吏"的意思来窥测我们中国人。我只知道他们麻木,没有良心,不足与言,而况是请愿,而况又是徒手,却没有料到有这么阴毒与凶残。能逆料的,大概只有段祺瑞,贾德耀[2],章士钊和他们的同类罢。四十七个男女青年的生命,完全是被骗去的,简直是诱杀。

有些东西——我称之为什么呢,我想不出——说:群众领袖应负道义上的责任[3]。这些东西仿佛就承认了对徒手群众应该开枪,执政府前原是"死地",死者就如自投罗网一般。群众领袖本没有和段祺瑞等辈心心相印,也未曾互相钩通,怎么能够料到这阴险的辣手。这样的辣手,只要略有人气者,是万万豫想不到的。

我以为倘要锻炼[4]群众领袖的错处,只有两点:一是还以请愿为有用;二是将对手看得太好了。

二

但以上也仍然是事后的话。我想,当这事实没有发生以前,恐怕谁也不会料到要演这般的惨剧,至多,也不过获得照例的徒劳罢了。只有有学问的聪明人能够先料到,承认凡请愿就是送死。

陈源教授的《闲话》说:"我们要是劝告女志士们,以后少加入群众运动,她们一定要说我们轻视她们,所以我们也不敢来多嘴。可是对于未成年的男女孩童,我们不能不希望他们以后不再参加任何运动。"(《现代评论》六十八)为什么呢?因为参加各种运动,是甚至于像这次一样,要"冒枪林弹雨的险,受践踏死伤之苦"的。

这次用了四十七条性命,只购得一种见识:本国的执政府前是"枪林弹雨"的地方,要去送死,应该待到成年,出于自愿的才是。

我以为"女志士"和"未成年的男女孩童",参加学校运动会,大概倒还不至于有很大的危险的。至于"枪林弹雨"中的请愿,则虽是成年的男志士们,也应该切切记住,从此罢休!

看现在竟如何。不过多了几篇诗文,多了若干谈助。几个名人和什么当局者在接洽葬地,由大请愿改为小请愿了。埋葬自然是最妥当的收场。然而很奇怪,仿佛这四十七个死者,是因为怕老来死后无处埋葬,特来挣一点官地似的。万生园多么近,而四烈士[5]坟前还有三块墓碑不镌一字,更何况僻远如圆明园。

死者倘不埋在活人的心中,那就真真死掉了。

三

改革自然常不免于流血,但流血非即等于改革。血的应用,正如金钱一般,吝啬固然是不行的,浪费也大大的失算。我对于这回的牺牲者,非常觉得哀伤。

但愿这样的请愿,从此停止就好。

请愿虽然是无论那一国度里常有的事,不至于死的事,但我们已经知道中国是例外,除非你能将"枪林弹雨"消除。正规的战法,也必须对手是英雄才适用。汉末总算还是人心很古的时候罢,恕我引一个小说上的典故:许褚赤体上阵,也就很中了好几箭。而金圣叹还笑他道:"谁叫你赤膊?"〔6〕

至于现在似的发明了许多火器的时代,交兵就都用壕堑战。这并非吝惜生命,乃是不肯虚掷生命,因为战士的生命是宝贵的。在战士不多的地方,这生命就愈宝贵。所谓宝贵者,并非"珍藏于家",乃是要以小本钱换得极大的利息,至少,也必须卖买相当。以血的洪流淹死一个敌人,以同胞的尸体填满一个缺陷,已经是陈腐的话了。从最新的战术的眼光看起来,这是多么大的损失。

这回死者的遗给后来的功德,是在撕去了许多东西的人相,露出那出于意料之外的阴毒的心,教给继续战斗者以别种方法的战斗。

四月二日。

＊　　＊　　＊

〔1〕 本篇最初发表于1926年4月10日《国民新报副刊》。

〔2〕 贾德耀（1880—1940） 安徽合肥人。毕业于日本士官学校，曾任北洋政府陆军总长，当时是段祺瑞临时执政府的国务总理兼代理陆军总长。

〔3〕 群众领袖应负道义上的责任　1926年3月22日，《晨报》发表陈渊泉写的题为《群众领袖安在》的社论，诬蔑徐谦等"非迫群众至国务院不可，竟捏报府院卫队业已解除武装，此行绝无危险，故一群青年始相率而往"。并说："吾人在纠弹政府之余，又不能不诘问所谓'群众领袖'之责任。"陈西滢在《现代评论》第三卷第六十八期（1926年3月27日）评论三一八惨案的《闲话》中，也企图把这次惨案的责任，推到他所说的"民众领袖"身上去，说他"遇见好些人"，都说"那天在天安门开会后，他们本来不打算再到执政府。因为他们听见主席宣布执政府的卫队已经解除了武装……所以又到执政府门前去瞧热闹。……我们不能不相信，至少有一部分人的死，是由主席的那几句话。要是主席明明知道卫队没有解除武装，他故意那样说，他的罪孽当然不下于开枪杀人者；要是他误听流言，不思索调查，便信以为真，公然宣布，也未免太不负民众领袖的责任。"

〔4〕 锻炼　罗织罪名，陷人于罪。参看本书第97页注〔6〕。

〔5〕 四烈士　指辛亥革命时炸袁世凯的杨禹昌、张先培、黄之萌和炸良弼的彭家珍四人。他们合葬于北京西直门外约二里的万生园（即今北京动物园），在张、黄、彭三人的墓碑上都没有镌上一个字。圆明园在北京西直门外二十余里的海淀，是清朝皇帝避暑的地方，1860年（清咸丰十年）被侵入北京的英法联军焚毁。三一八惨案后，被难者家属和北京一些团体、学校代表四十多人，于27日召开联席会议，由民国大学校长雷殷报告，他认为公葬地点以圆明园为宜，并说已非正式地与

内务总长屈映光商议,得到允诺等。会议遂决定成立"三一八殉难烈士公葬筹备处",并拟葬各烈士于圆明园。

〔6〕 许褚　三国时曹操部下名将。"赤体上阵"的故事,见小说《三国演义》第五十九回《许褚裸衣斗马超》。清初毛宗岗《三国演义》评本,卷首有假托为金圣叹所作的序,并有"圣叹外书"字样,每回前均附加评语,通常就都把这些评语认为是金圣叹所作。金圣叹(1608—1661),名人瑞,字圣叹,江苏吴县人,明末清初文人。曾批注《水浒》、《西厢记》等书,他把所加的序文、读法和评语等称为"圣叹外书"。

如此"讨赤"[1]

京津间许多次大小战争,战死了不知多少人,为"讨赤"也;[2]执政府前开排枪,打死请愿者四十七,伤百余,通缉"率领暴徒"之徐谦等人五,为"讨赤"也;奉天飞机三临北京之空中[3],掷下炸弹,杀两妇人,伤一小黄狗,为"讨赤"也。

京津间战死之兵士和北京中被炸死之两妇人和被炸伤之一小黄狗,是否即"赤",尚无"明令",下民不得而知。至于府前枪杀之四十七人,则第一"明令"已云有"误伤"矣;京师地方检察厅公函又云"此次集会请愿宗旨尚属正当,又无不正之行为"矣;而国务院会议又将"从优拟恤"[4]矣。然则徐谦们所率领的"暴徒"那里去了呢?他们都有符咒,能避枪炮的么?

总而言之:"讨"则"讨"矣了,而"赤"安在呢?

而"赤"安在,姑且勿论。归根结蒂,"烈士"落葬,徐谦们逃亡,两个俄款委员会委员[5]出缺。六日《京报》云:"昨日九校教职员联席会议代表在法政大学开会,查良钊主席,先报告前日因俄款委员会改组事,与教长胡仁源接洽之情形;次某代表发言,略云,政府此次拟以外教财三部事务官接充委员,同人应绝对反对,并非反对该项人员人格,实因俄款数目甚大,中国教育界仰赖甚深……。"[6]

又有一条新闻,题目是:"五私大亦注意俄款委员会"云。

四十七人之死,有功于"中国教育界"良非浅尠也。"从优拟恤",谁曰不宜!?

而今而后,庶几"中国教育界"中,不至于再称异己者为"卢布党"欤?

四月六日。

*　　　*　　　*

〔1〕 本篇最初发表于1926年4月10日《京报副刊》。

〔2〕 指1926年春夏间,冯玉祥国民军与奉系军阀李景林、张宗昌所部直鲁联军在京津间的战争。当时奉系军阀称国民军为"赤化",称他们自己对国民军的进攻为"讨赤"。

〔3〕 奉天飞机三临北京之空中　1926年4月,在国民军与奉军作战期间,国民军驻守北京,奉军飞机自2日起,连续三天飞临北京投弹(作者此文写于4月6日;此后奉军飞机还曾到北京投弹数次)。奉天,辽宁省的旧称,当时是奉系军阀张作霖盘踞的地方。

〔4〕 "从优拟恤"　段祺瑞执政府国务院于1926年3月20日开会后,发布"恤恤令"说:"此次徐谦等率领暴徒,实行扰乱,自属罪无可道。惟当时群众复杂,互相攻击之时,或恐累及无辜,情属可悯。着内务部行知地方官厅,分别查明恤恤。"

〔5〕 两个俄款委员会委员　应为三人,参看本书《可惨与可笑》及其注〔10〕。

〔6〕 此段引自1926年4月5日《京报》(文中的"六日"应为"五日")发表的《九校代表对改组俄委会意见》的新闻。九校,指当时的北京大学、工业大学、农业大学、医科大学、法政大学、北京师范大学、北京女子师范大学、女子大学、艺术专门学校九所国立大学。引文中的胡仁源(1883—1942),浙江吴兴人,曾留学日本,1926年4月至5月任教育总长。下文的五私大,指当时北京的朝阳、民国、中国、平民、华北等五所私立大学。

无花的蔷薇之三[1]

1

积在天津的纸张运不到北京,连印书也颇受战争的影响,我的旧杂感的结集《华盖集》付印两月了,排校还不到一半。可惜先登了一个预告,以致引出陈源教授的"反广告"来——

"我不能因为我不尊敬鲁迅先生的人格,就不说他的小说好,我也不能因为佩服他的小说,就称赞他其余的文章。我觉得他的杂感,除了《热风》中二三篇外,实在没有一读之价值。"[2](《现代评论》七十一,《闲话》。)

这多么公平!原来我也是"今不如古"了;《华盖集》的销路,比起《热风》来,恐怕要较为悲观。而且,我的作小说,竟不料是和"人格"无关的。"非人格"的一种文字,像新闻记事一般的,倒会使教授"佩服",中国又仿佛日见其光怪陆离了似的,然则"实在没有一读之价值"的杂感,也许还要存在罢。

2

做那有名的小说《Don Quijote》的 M. de Cervantes 先生,穷则有之,说他像叫化子,可不过是一种特别流行于中国学者间的流言。他说 Don Quijote 看游侠小说看疯了，便自己去做侠客，打不平。他的亲人知道是书籍作的怪，就请了间壁的理发匠来检查；理发匠选出几部好的留下来，其余的便都烧掉了。〔3〕

大概是烧掉的罢，记不清楚了；也忘了是多少种。想来，那些入选的"好书"的作家们，当时看了这小说里的书单，怕总免不了要面红耳赤地苦笑的罢。

中国虽然似乎日见其光怪陆离了。然而，乌乎哀哉！我们连"苦笑"也得不到。

3

有人从外省寄快信来问我平安否。他不熟于北京的情形，上了流言的当了。

北京的流言报，是从袁世凯称帝，张勋复辟，章士钊"整顿学风"以还，一脉相传，历来如此的。现在自然也如此。

第一步曰：某方要封闭某校，捕拿某人某人了。这是造给某校某人看，恐吓恐吓的。

第二步曰：某校已空虚，某人已逃走了。这是造给某方看，煽动煽动的。

又一步曰：某方已搜检甲校，将搜检乙校了。这是恐吓乙校，煽动某方的。

"平生不作亏心事，夜半敲门不吃惊。"乙校不自心虚，怎能给恐吓呢？然而，少安毋躁罢。还有一步曰：乙校昨夜通宵达旦，将赤化书籍完全焚烧矣。

于是甲校更正,说并未搜检;乙校更正,说并无此项书籍云。

4

于是连卫道的新闻记者,圆稳的大学校长[4]也住进六国饭店,讲公理的大报也摘去招牌,学校的号房也不卖《现代评论》:大有"火炎昆冈,玉石俱焚"[5]之概了。

其实是不至于此的,我想。不过,谣言这东西,却确是造谣者本心所希望的事实,我们可以借此看看一部分人的思想和行为。

5

中华民国九年七月直皖战争开手;八月,皖军溃灭,徐树铮等九人避入日本公使馆。[6]这时还点缀着一点小玩意,是有一些正人君子——不是现在的一些正人君子——去游说直派武人,请他杀戮改革论者了。终于没有结果;便是这事也早从人们的记忆上消去。但试去翻那年八月的《北京日报》,还可以看见一个大广告,里面是什么大英雄得胜之后,必须廓清邪说,诛戮异端等类古色古香的名言。

那广告是有署名的,在此也无须提出。但是,较之现在专躲在暗中的流言家,却又不免令人有"今不如古"之感了。我想,百年前比现在好,千年前比百年前好,万年前比千年前好……特别在中国或者是确凿的。

6

在报章的角落里常看见对青年们的谆谆的教诫:敬惜字纸咧;留心国学咧;伊卜生[7]这样,罗曼罗兰那样咧。时候和文字是两样了,但含义却使我觉得很耳熟:正如我年幼时所听过的耆宿的教诫一般。

这可仿佛是"今不如古"的反证了。但是,世事都有例外,对于上一节所说的事,这也算作一个例外罢。

五月六日。

* * *

〔1〕 本篇最初发表于1926年5月17日《语丝》周刊第七十九期。

〔2〕 此段引自陈西滢在《现代评论》第三卷第七十一期(1926年4月17日)发表的《闲话》。他在文中先举《呐喊》作为中国新文学运动最初十年间的短篇小说的代表作品,接着就攻击鲁迅的杂文。

〔3〕 见塞万提斯著《堂吉诃德》第五、六章。关于说塞万提斯"像叫化子"的话,参看本书第64页注〔39〕。

〔4〕 卫道的新闻记者,圆稳的大学校长 指成舍我、蒋梦麟等人。据1926年4月28日上海《时事新报》和同年5月1日广州《向导》周报第一五一期报道,自标榜"扑灭赤化"的奉军及直鲁联军进占北京,并采取枪毙《京报》社长邵飘萍等严厉镇压手段后,北京报界和学界一片恐慌,《世界日报》成舍我、《中美晚报》宋发祥和"素号稳健的北大代理校长蒋梦麟"等均先后逃匿。蒋梦麟(1886—1964),浙江余姚人,早年留学美国,当时任北京大学校长。成舍我(1898—1991),湖南湘乡

人。北京《世界日报》创办者。

　　〔5〕　"火炎昆冈,玉石俱焚"　语出《尚书·胤征》,好坏同归于尽的意思。昆冈,古代传说中的产玉之山。

　　〔6〕　指1920年7月北洋军阀直皖两系之间的战争。直系军阀以曹锟、吴佩孚等为首;皖系军阀以段祺瑞、徐树铮等为首。战事于7月中旬开始,不数日皖军溃败;北洋政府于7月底免去段祺瑞一切职务,并通缉徐树铮、曾毓隽、朱深、李思浩等十人。除李思浩外,其他九人都逃入日本公使馆。徐树铮(1880—1925),江苏萧县(今属安徽)人,直皖战争时任段祺瑞第一军参谋长。下文所说的广告,不见于《北京日报》;究系何报,未详。

　　〔7〕　伊卜生(H. Ibsen,1828—1906)　通译易卜生,挪威剧作家。主要作品有《玩偶之家》、《国民公敌》等,"五四"时期被介绍到中国。

新 的 蔷 薇[1]

——然而还是无花的

因为《语丝》[2]在形式上要改成中本了,我也不想再用老题目,所以破格地奋发,要写出"新的蔷薇"来。

——这回可要开花了？

——嗡嗡,——不见得罢。

我早有点知道:我是大概以自己为主的。所谈的道理是"我以为"的道理,所记的情状是我所见的情状。听说一月以前,杏花和碧桃都开过了。我没有见,我就不以为有杏花和碧桃。

——然而那些东西是存在的。——学者们怕要说。

——好！那么,由它去罢。——这是我敬谨回禀学者们的话。

有些讲"公理"的,说我的杂感没有一看的价值。那是一定的。其实,他来看我的杂感,先就自己失了魂了,——假如也有魂。我的话倘会合于讲"公理"者的胃口,我不也成了"公理维持会"会员了么？我不也成了他,和其余的一切会员了么？我的话不就等于他们的话了么？许多人和许多话不就等于一个人和一番话了么?

公理是只有一个的。然而听说这早被他们拿去了,所以我已经一无所有。

这回"北京城内的外国旗",大约特别地多罢,竟使学者为之愤慨:"……至于东交民巷界线以外,无论中国人外国人,那就不能借插用外国国旗,以为保护生命财产的护符。"[3]

这是的确的。"保护生命财产的护符",我们自有"法律"在。

如果还不放心呢,那么,就用一种更稳妥的旗子:红卍字旗[4]。介乎中外之间,超于"无耻"和有耻之外,——确是好旗子!

从清末以来,"莫谈国事"的条子帖在酒楼饭馆里,至今还没有跟着辫子取消。所以,有些时候,难煞了执笔的人。

但这时却可以看见一种有趣的东西,是:希望别人以文字得祸的人所做的文字。

聪明人的谈吐也日见其聪明了。说三月十八日被害的学生是值得同情的,因为她本不愿去而受了教职员的怂恿。[5]说"那些直接或间接用苏俄的金钱的人"是情有可原的,因为"他们自己可以挨饿,老婆子女却不能不吃饭呵!"[6]

推开了甲而陷没了乙,原谅了情而坐实了罪;尤其是他们的行动和主张,都见得一钱不值了。

然而听说赵子昂的画马,却又是镜中照出来的自己的形相哩。

因为"老婆子女却不能不吃饭",于是自然要发生"节育问题"了。但是先前山格夫人[7]来华的时候,"有些志士"[8]却又大发牢骚,说她要使中国人灭种。

独身主义现今尚为许多人所反对,节育也行不通。为赤贫的绅士计,目前最好的方法,我以为莫如弄一个有钱的女人做老婆。

我索性完全传授了这个秘诀罢:口头上,可必须说是为了"爱"。

"苏俄的金钱"十万元,这回竟弄得教育部和教育界发生纠葛了,因为大家都要一点。[9]

这也许还是因为"老婆子女"之故罢。但这批卢布和那批卢布却不一样的。这是归还的庚子赔款;是拳匪"扶清灭洋",各国联军入京的余泽。[10]

那年代很容易记:十九世纪末,一九〇〇年。二十六年之后,我们却"间接"用了拳匪的金钱来给"老婆子女"吃饭;如果大师兄[11]有灵,必将爽然若失者欤。

还有,各国用到中国来做"文化事业"的,也是这一笔款……。

五月二十三日。

※　　※　　※

〔1〕 本篇最初发表于1926年5月31日《语丝》周刊第八十一期。

〔2〕《语丝》 文艺性周刊,最初由孙伏园等编辑。1924年11月在北京创刊;1927年被奉系军阀张作霖查禁,随后移至上海续刊;1930年3月出至第五卷第五十二期停刊。鲁迅是主要撰稿者和支持者之一,该刊在上海出版后一度担任编辑。参看《三闲集·我和〈语丝〉的始终》。这里的"改成中本",指《语丝》从八十一期起由十六开本改为二十开本。

〔3〕《现代评论》第三卷第七十四期(1926年5月8日)时事短评栏有《北京城内的外国旗》一文,作者署名"召"(燕树棠),其中说到1926年春夏间国民军与奉军作战及段祺瑞执政府崩溃期间,北京"东交民巷界线以外"有人挂外国旗的事。文中空谈"条约法律",把依附帝国主义的军阀政客和普通民众不加区别地一概斥之为"托借外国国旗的势力",说这是"无耻的社会心理"的表现。

〔4〕 红卍字旗 当时军阀王芝祥等用佛教慈善团体的名义所组织的世界红卍字会的会旗。

〔5〕 陈西滢在《现代评论》第三卷第六十八期关于三一八惨案的《闲话》中,谈到死难的女师大学生杨德群说:"杨女士湖南人,……平常很勤奋,开会运动种种,总不大参与。三月十八日她的学校出了一张布告,停课一日,叫学生们都去与会。杨女士还是不大愿意去,半路又回转。一个教职员勉强她去,她不得已去了。卫队一放枪,杨女士也跟了大众就跑,忽见友人某女士受伤,不能行动,她回身去救护她,也中弹死。"但事实上,当日女师大并未"叫学生们都去与会",而是学生自治会向教务处请准停课一日。《现代评论》第三卷第七十期(1926年4月10

121

日）登有女师大学生雷榆、李慧等五人给陈西滢的辩诬信，说明杨德群平时"实际参与种种爱国运动及其他妇女运动"，当日与同学们一同出校，"沿途散发传单，意气很激昂"，反驳了陈西滢的不实之词。

〔6〕 "直接或间接用苏俄的金钱"等，是陈西滢诬蔑当时文化教育界进步人士的话。他在《现代评论》第三卷第七十四期发表的讨论"节育问题"的《闲话》中说："家累日重，需要日多，才智之士，也没法可想，何况一般普通人，因此，依附军阀和依附洋人便成了许多人唯一的路径。就是有些志士，也常常未能免俗。……他们自己可以挨饿，老婆子女却不能不吃饭呵！就是那些直接或间接用苏俄金钱的人，也何尝不是如此。"

〔7〕 山格夫人（M. Sanger, 1879—1966） 通译山额夫人，美国人。自1914年起提倡节制生育运动，1921年创立美国节制生育联盟，并任主席。1922年4月曾来我国从事宣传。

〔8〕 "有些志士" 指那些反对节育宣传的人。如1924年5月5日《晨报副刊》载署名怀素的《五千年之黄帝子孙从此绝矣》一文，曾引用安徽省立第二师范学校校长胡晋接的讲演辞，其中说："最新潮流之结果，果如何乎。吾一推究之，不禁毛发森然，不寒而栗。盖其结果，乃一极凶之象，即'家破种灭国亡'是也。""而又有山额夫人之制育方法，制育药品，以为其助缘。此种新文化，如不能普及，则亦幸耳。多普及一人，即灭此一人之种。多普及一家，即灭此一家之种。若真普及于全国，恐五千年之黄帝子孙，从此绝矣。"

〔9〕 关于教育部和教育界为"苏俄的金钱"发生纠葛，1926年5月中旬，北洋政府教育部以首都教育经费困难，特向俄国退还庚子赔款委员会借拨十万元，并拟将此款按照预算平均分配给北京国立大学、公立中小学、教育部及其分设机关。而当时北京大学等国立九校教职员则反对这种分配方法，认为此款只能用于北京专门以上学校，因而和教

育部发生纠葛。

〔10〕 清末,我国北方爆发以农民、手工业工人和城市贫民为主的义和团运动。他们以设立拳坛,练习拳棒和其他迷信方式组织群众,初以"反清灭洋"为口号,后改为"扶清灭洋",被清廷利用攻打外国使馆,焚烧教堂,1900年(庚子)被俄、德、美、英、法、日、意、奥八国联军和清政府共同镇压。八国联军攻占北京,迫使清王朝于1901年9月签订了卖国的《辛丑条约》,索取四亿五千万两白银的巨额赔款,这就是所谓"庚子赔款"。十月革命后,苏俄政府决定退还"庚子赔款"中尚未付给的部分。参看本书第98页注〔10〕。

〔11〕 大师兄　义和团练拳,约以二十五人为一团,每团设一头领,称为大师兄。

再来一次[1]

去年编定《热风》时,还有绅士们所谓"存心忠厚"之意,很删削了好几篇。但有一篇,却原想编进去的,因为失掉了稿子,便只好从缺。现在居然寻出来了;待《热风》再版时,添上这篇,登一个广告,使迷信我的文字的读者们再买一本,于我倒不无裨益。但是,算了罢,这实在不很有趣。不如再登一次,将来收入杂感第三集,也就算作补遗罢。

这是关于章士钊先生的——

"两个桃子杀了三个读书人"

章行严先生在上海批评他之所谓"新文化"说,"二桃杀三士"怎样好,"两个桃子杀了三个读书人"便怎样坏,而归结到新文化之"是亦不可以已乎?"[2]

是亦大可以已者也!"二桃杀三士"并非僻典,旧文化书中常见的。但既然是"谁能为此谋?相国齐晏子。"我们便看看《晏子春秋》[3]罢。

《晏子春秋》现有上海石印本,容易入手的了,这古典就在该石印本的卷二之内。大意是"公孙接田开疆古冶子事景公,以勇力搏虎闻,晏子过而趋,三子者不起,"于是晏老先生以为无礼,和景公说,要除去他们了。那方

法是请景公使人送他们两个桃子,说道,"你三位就照着功劳吃桃罢。"呵,这可就闹起来了:

"公孙接仰天而叹曰,'晏子,智人也,夫使公之计吾功者,不受桃,是无勇也。士众而桃寡,何不计功而食桃矣?接一搏猏而再搏虎,若接之功,可以食桃而无与人同矣。'援桃而起。

"田开疆曰,'吾仗兵而却三军者再。若开疆之功,可以食桃而无与人同矣。'援桃而起。

"古冶子曰,'吾尝从君济于河,鼋衔左骖以入砥柱之流。当是时也,冶少不能游,潜行逆流百步,顺流九里,得鼋杀之,左操骖尾,右挈鼋头,鹤跃而出。津人皆曰,河伯也;若冶视之,则大鼋之首。若冶之功,可以食桃而无与人同矣!二子何不反桃?'抽剑而起。"

钞书太讨厌。总而言之,后来那二士自愧功不如古冶子,自杀了;古冶子不愿独生,也自杀了:于是乎就成了"二桃杀三士"。

我们虽然不知道这三士于旧文化有无心得,但既然书上说是"以勇力闻",便不能说他们是"读书人"。倘使《梁父吟》[4]说是"二桃杀三勇士",自然更可了然,可惜那是五言诗,不能增字,所以不得不作"二桃杀三士",于是也就害了章行严先生解作"两个桃子杀了三个读书人"。

旧文化也实在太难解,古典也诚然太难记,而那两个旧桃子也未免太作怪：不但那时使三个读书人因此送命，到现在还使一个读书人因此出丑，"是亦不可以已乎"！

去年，因为"每下愈况"[5]问题，我曾经很受了些自以为公平的青年的教训，说是因为他革去了我的"签事"，我便那么奚落他。现在我在此只得特别声明：这还是一九二三年九月所作，登在《晨报副刊》上的。那时的《晨报副刊》，编辑尚不是陪过泰戈尔先生的"诗哲"，也还未负有逼死别人，掐死自己的使命，所以间或也登一点我似的俗人的文章；[6]而我那时和这位后来称为"孤桐先生"的，也毫无"睚眦之怨"[7]。那"动机"[8]，大概不过是想给白话的流行帮点忙。

在这样"祸从口出"之秋，给自己也辩护得周到一点罢。或者将曰，且夫这次来补遗，却有"打落水狗"之嫌，"动机"就很"不纯洁"了。然而我以为也并不。自然，和不多时以前，士钊秘长运筹帷幄，假公济私，谋杀学生，通缉异己之际，"正人君子"时而相帮讥笑着被缉诸人的逃亡，时而"孤桐先生""孤桐先生"叫得热刺刺地的时候一比较，目下诚不免有落寞之感。但据我看来，他其实并未落水，不过"安住"在租界里而已[9]：北京依旧是他所豢养过的东西在张牙舞爪，他所勾结着的报馆在颠倒是非，他所栽培成的女校在兴风作浪：依然是他的世界。

在"桃子"上给一下小打击，岂遂可与"打落水狗"同日而语哉？！

但不知怎的，这位"孤桐先生"竟在《甲寅》上辩起来了，以为这不过是小事。这是真的，不过是小事。[10]弄错一点，又何伤乎？即使不知道晏子，不知道齐国，于中国也无损。农民谁懂得《梁父吟》呢，农业也仍然可以救国的[11]。但我以为攻击白话的豪举，可也大可以不必了；将白话来代文言，即使有点不妥，反正也不过是小事情。

我虽然未曾在"孤桐先生"门下钻，没有看见满桌满床满地的什么德文书的荣幸，但偶然见到他所发表的"文言"，知道他于法律的不可恃，道德习惯的并非一成不变，文字语言的必有变迁，其实倒是懂得的。懂得而照直说出来的，便成为改革者；懂得而不说，反要利用以欺瞒别人的，便成为"孤桐先生"及其"之流"。他的保护文言，内骨子也不过是这样。

如果我的检验是确的，那么，"孤桐先生"大概也就染了《闲话》所谓"有些志士"的通病，为"老婆子女"所累了，此后似乎应该另买几本德文书，来讲究"节育"。

五月二十四日。

* * *

〔1〕 本篇最初发表于1926年6月10日《莽原》半月刊第十一期。

〔2〕 章士钊（行严）关于"二桃杀三士"的一段话，见他在1923年8月发表于上海《新闻报》的《评新文化运动》一文："夫语以耳辨。徒资口谈。文以目辨。更贵成诵。则其取音之繁简连截。有其自然。不可强混。如园有桃。笔之于书。词义俱完。今曰此于语未合也。必曰园里有桃子树。二桃杀三士。谱之于诗。节奏甚美。今曰此于白话无当也。必曰两个桃子杀了三个读书人。是亦不可以已乎。"

〔3〕 《晏子春秋》 撰人不详。内容是记载春秋时齐国大夫晏婴

（平仲）的言行。这里所引的一段，见该书卷二《谏》下。

〔4〕《梁父吟》 亦作《梁甫吟》，乐府楚调曲名。此篇系乐府古辞（旧题诸葛亮作，不确），鲁迅上文所引"谁能为此谋？相国齐晏子。"为诗中最末两句。"相国"一作"国相"。

〔5〕"每下愈况" 语出《庄子·知北游》："正获之问于监市履狶也，每下愈况。"章太炎《新方言·释词》："愈况，犹愈甚也。"章士钊在《甲寅》周刊第一卷第三号（1925年8月1日）的《孤桐杂记》中，将这个成语用为"每况愈下"："尝论明清相嬗。士气骤衰。……民国承清。每况愈下。"

〔6〕《"两个桃子杀了三个读书人"》一文，发表于1923年9月14日的《晨报副刊》（署名雪之），其时编辑为孙伏园；1925年10月1日起才由徐志摩（即文中说的"诗哲"）编辑。关于"逼死别人，掐死自己"的话，参看本书第60页注〔16〕。

〔7〕"睚眦之怨" 意即小小的仇恨。语出《史记·范雎传》："一饭之德必偿，睚眦之怨必报。"陈西滢在《现代评论》第三卷第七十期（1926年4月10日）发表《杨德群女士事件》一文，以答复女师大学生雷榆等五人为三一八惨案烈士杨德群辩诬的信，其中暗指鲁迅说："因为那'杨女士不大愿意去'一句话，有些人在许多文章里就说我的罪状比执政府卫队还大！比军阀还凶！……不错，我曾经有一次在生气的时候揭穿过有些人的真面目，可是，难道四五十个死者的冤可以不雪，睚眦之仇却不可不报吗？"

〔8〕"动机" 陈西滢在《现代评论》第二卷第四十八期（1925年11月7日）《闲话》中说："一件艺术品的产生，除了纯粹的创作冲动，是不是常常还夹杂着别种动机？是不是应当夹杂着别种不纯洁的动机？……年轻的人，他们观看文艺美术是用十二分虔敬的眼光的，一定不愿意承认创造者的动机是不纯粹的吧。可是，看一看古今中外的各

种文艺美术品,我们不能不说它们的产生的动机都是混杂的。"

〔9〕 1926年春夏之交,冯玉祥国民军在直奉军阀的联合进攻下,准备放弃北京。段祺瑞趁机阴谋与奉系军阀里应外合,赶走冯军。4月10日凌晨,驻守北京的国民军包围段宅和执政府,段闻讯后即逃往东交民巷外国使馆区,章士钊随之也避居天津租界。

〔10〕 章士钊在《甲寅》周刊第一卷第九号(1925年9月12日)上重新刊载他所作的《评新文化运动》一文,前面加了一段按语,其中说:"北京报纸。屡以文中士与读书人对举。为不合情实。意谓二桃之士。乃言勇士。非读书人。此等小节。宁关谋篇本旨。且不学曰学。其理彼乃蒙然。又可哂也。"

〔11〕 农业也仍然可以救国的 这是针对章士钊的农业救国论而说的。章曾一再鼓吹"农村立国",如在《甲寅》周刊第一卷第二十六号(1926年1月9日)发表的《农国辨》一文中说:"凡所剿袭于工国浮滥不切之诸法。不论有形无形。姑且放弃。返求诸农。先安国本。而后于以拙胜巧之中。徐图捍御外侮之道。庶乎其可。"

为半农题记《何典》后，作[1]

还是两三年前，偶然在光绪五年（1879）印的《申报馆书目续集》上看见《何典》[2]题要，这样说：

"《何典》十回。是书为过路人编定，缠夹二先生评，而太平客人为之序。书中引用诸人，有曰活鬼者，有曰穷鬼者，有曰活死人者，有曰臭花娘者，有曰畔房小姐者：阅之已堪喷饭。况阅其所记，无一非三家村俗语；无中生有，忙里偷闲。其言，则鬼话也；其人，则鬼名也；其事，则开鬼心，扮鬼脸，钓鬼火，做鬼戏，搭鬼棚也。语曰，'出于何典'？而今而后，有人以俗语为文者，曰'出于《何典》'而已矣。"

疑其颇别致，于是留心访求，但不得；常维钧[3]多识旧书肆中人，因托他搜寻，仍不得。今年半农[4]告我已在厂甸[5]庙市中无意得之，且将校点付印；听了甚喜。此后半农便将校样陆续寄来，并且说希望我做一篇短序，他知道我是至多也只能做短序的。然而我还很踌蹰，我总觉得没有这种本领。我以为许多事是做的人必须有这一门特长的，这才做得好。譬如，标点只能让汪原放[6]，做序只能推胡适之，出版只能由亚东图书馆；刘半农，李小峰[7]，我，皆非其选也。然而我却决定要写几句。为什么呢？只因为我终于决定要写几句了。

还未开手,而躬逢战争,在炮声和流言当中,很不宁帖,没有执笔的心思。夹着是得知又有文士之徒在什么报上骂半农了,说《何典》广告[8]怎样不高尚,不料大学教授而竟堕落至于斯。这颇使我凄然,因为由此记起了别的事,而且也以为"不料大学教授而竟堕落至于斯"。从此一见《何典》,便感到苦痛,再也说不出一句话。

是的,大学教授要堕落下去。无论高的或矮的,白的或黑的,或灰的。不过有些是别人谓之堕落,而我谓之困苦。我所谓困苦之一端,便是失了身分。我曾经做过《论"他妈的!"》早有青年道德家乌烟瘴气地浩叹过了,还讲身分么?但是也还有些讲身分。我虽然"深恶而痛绝之"于那些戴着面具的绅士,却究竟不是"学匪"世家;见了所谓"正人君子"固然决定摇头,但和歪人奴子相处恐怕也未必融洽。用了无差别的眼光看,大学教授做一个滑稽的,或者甚而至于夸张的广告何足为奇?就是做一个满嘴"他妈的"的广告也何足为奇?然而呀,这里用得着然而了,我是究竟生在十九世纪的,又做过几年官,和所谓"孤桐先生"同部,官——上等人——气骤不易退,所以有时也觉得教授最相宜的也还是上讲台。又要然而了,然而必须有够活的薪水,兼差倒可以。这主张在教育界大概现在已经有一致赞成之望,去年在什么公理会上一致攻击兼差的公理维持家,今年也颇有一声不响地去兼差的了,不过"大报"上决不会登出来,自己自然更未必做广告。

半农到德法研究了音韵好几年,我虽然不懂他所做的法文书,只知道里面很夹些中国字和高高低低的曲线,但总而言之，书籍具在，势必有人懂得。所以他的正业，我以为也还是将这些曲线教给学生们。可是北京大学快要关门大吉了[9]；他兼差又没有。那么，即使我是怎样的十足上等人，也不能反对他印卖书。既要印卖，自然想多销，既想多销，自然要做广告，既做广告，自然要说好。难道有自己印了书，却发广告说这书很无聊，请列位不必看的么？说我的杂感无一读之价值的广告，那是西滢（即陈源）做的。——顺便在此给自己登一个广告罢：陈源何以给我登这样的反广告的呢，只要一看我的《华盖集》就明白。主顾诸公，看呀！快看呀！每本大洋六角，北新书局发行。

想起来已经有二十多年了，以革命为事的陶焕卿[10]，穷得不堪，在上海自称会稽先生，教人催眠术以糊口。有一天他问我，可有什么药能使人一嗅便睡去的呢？我明知道他怕施术不验，求助于药物了。其实呢，在大众中试验催眠，本来是不容易成功的。我又不知道他所寻求的妙药，爱莫能助。两三月后，报章上就有投书（也许是广告）出现，说会稽先生不懂催眠术，以此欺人。清政府却比这干鸟人灵敏得多，所以通缉他的时候，有一联对句道："著《中国权力史》，学日本催眠术。"

《何典》快要出版了，短序也已经迫近交卷的时候。夜雨潇潇地下着，提起笔，忽而又想到用麻绳做腰带的困苦的陶焕卿，还夹杂些和《何典》不相干的思想。但序文已经迫近了交卷的时候，只得写出来，而且还要印上去。我并非将半农比附"乱党"，——现在的中华民国虽由革命造成，但许多中华民国国民,都仍以那时的革命者为乱党,是明明白白的,——不过说,在此时,使我回忆从前,念及几个朋友,并感到自己的依然无力而已。

但短序总算已经写成,虽然不像东西,却究竟结束了一件事。我还将此时的别的心情写下,并且发表出去,也作为《何典》的广告。

五月二十五日之夜,碰着东壁下,书。

※　　※　　※

〔1〕 本篇最初发表于1926年6月7日《语丝》周刊第八十二期。

〔2〕 《何典》 章回体小说,又名《十一才子鬼话连篇录》,共十回。借鬼语鬼事表现社会人情世态,间用苏南方言口语,带有讽刺而流于油滑。1878年(清光绪四年)上海申报馆出版。编著者"过路人"原名张南庄,清代上海人,生活于乾隆、嘉庆年间;评者"缠夹二先生"原名陈得仁,清代长洲(今江苏吴县)人。1926年6月,刘复(半农)将此书标点重印,鲁迅曾为作题记(后收入《集外集拾遗》)。

〔3〕 常维钧(1894—1985) 名惠,字维钧,河北宛平(今属北京)人,北京大学法文系毕业,曾任北大《歌谣》周刊编辑。

〔4〕 半农 刘复(1891—1934),字半农,江苏江阴人,历任北京大学教授、北平大学女子文理学院院长等职。他曾参加《新青年》的编辑工作,是新文学运动初期重要作家之一。后留学法国,研究语音学。参看《且介亭杂文·忆刘半农君》。著有诗集《扬鞭集》、散文集《半农杂文》等。

〔5〕 厂甸 北京地名,位于和平门外琉璃厂。过去每年夏历正月初一至十五日传统的庙市期间,这里有许多临时摆设的旧书摊。

〔6〕 汪原放(1897—1980) 安徽绩溪人。"五四"以后,曾标点《水浒传》等小说若干种,由上海亚东图书馆出版;每种前大抵都有胡适(适之)所作的序。

〔7〕 李小峰(1897—1971) 江苏江阴人,北京大学哲学系毕业,曾参加新潮社和语丝社,当时是上海北新书局主持者之一。

〔8〕 《何典》广告 载于《语丝》第七十至七十五期。前三期只刊登"放屁放屁,真正岂有此理"数语,未提《何典》书名。从七十三期(1926年4月5日)起,广告开头才是"吴稚晖先生的老师(《何典》)出版预告",其中引用了吴稚晖的一段话:"我止读他(按指《何典》)开头两句……从此便打破了要做阳湖派古文家的迷梦,说话自由自在得多。不曾屈我做那野蛮文学家,乃我生平之幸。他那开头两句,便是'放屁放屁,真正岂有此理'。用这种精神,才能得言论的真自由,享言论的真幸福。"

〔9〕 1926年春夏间,由于段祺瑞政府长期不发放教育经费,国立九所大学都未能开学。北京大学在3月15日召开教职员评议会,决定如不发一个月欠薪,生活无法维持,不能开课(见1926年3月17日《京报》)。后虽勉强开学,但教员请假者日必数十。不久,教务会议即议决,提前于6月1日举行学年考试,以便早日结课。这里说的"北京大学快要关门大吉",即指此。

〔10〕 陶焕卿 即陶成章(1878—1912),字希道,号焕卿,别署会稽山人,浙江绍兴人,清末革命家,光复会领袖之一。1912年1月14日被沪军都督陈其美派蒋介石暗杀于上海广慈医院。著有《中国民族权力消长史》、《浙案纪略》及《催眠术讲义》等。

马 上 日 记[1]

豫　序

在日记还未写上一字之前,先做序文,谓之豫序。

我本来每天写日记,是写给自己看的;大约天地间写着这样日记的人们很不少。假使写的人成了名人,死了之后便也会印出;看的人也格外有趣味,因为他写的时候不像做《内感篇》外冒篇[2]似的须摆空架子,所以反而可以看出真的面目来。我想,这是日记的正宗嫡派。

我的日记却不是那样。写的是信札往来,银钱收付,无所谓面目,更无所谓真假。例如:二月二日晴,得 A 信;B 来。三月三日雨,收 C 校薪水 X 元,复 D 信。一行满了,然而还有事,因为纸张也颇可惜,便将后来的事写入前一天的空白中。总而言之:是不很可靠的。但我以为 B 来是在二月一,或者二月二,其实不甚有关系,即便不写也无妨;而实际上,不写的时候也常有。我的目的,只在记上谁有来信,以便答复,或者何时答复过,尤其是学校的薪水,收到何年何月的几成几了,零零星星,总是记不清楚,必须有一笔帐,以便检查,庶几乎两不含胡,我也知道自己有多少债放在外面,万一将来收清之后,要成为怎样的一个小富翁。此外呢,什么野心也没有了。

吾乡的李慈铭[3]先生,是就以日记为著述的,上自朝章,中至学问,下迄相骂,都记录在那里面。果然,现在已有人将那手迹用石印印出了,每部五十元,在这样的年头,不必说学生,就是先生也无从买起。那日记上就记着,当他每装成一函的时候,早就有人借来借去的传钞了,正不必老远的等待"身后"。这虽然不像日记的正脉,但若有志在立言,意存褒贬,欲人知而又畏人知的,却不妨模仿着试试。什么做了一点白话,便说是要在一百年后发表的书里面的一篇,真是其蠢臭为不可及也。

我这回的日记,却不是那样的"有厚望焉"[4]的,也不是原先的很简单的,现在还没有,想要写起来。四五天以前看见半农,说是要编《世界日报》的副刊去,你得寄一点稿。[5]那自然是可以的喂。然而稿子呢?这可着实为难。看副刊的大抵是学生,都是过来人,做过什么"学而时习之不亦说乎论"或"人心不古议"的,一定知道做文章是怎样的味道。有人说我是"文学家",其实并不是的,不要相信他们的话,那证据,就是我也最怕做文章。

然而既然答应了,总得想点法。想来想去,觉得感想倒偶尔也有一点的,平时接着一懒,便搁下,忘掉了。如果马上写出,恐怕倒也是杂感一类的东西。于是乎我就决计:一想到,就马上写下来,马上寄出去,算作我的画到簿。因为这是开首就准备给第三者看的,所以恐怕也未必很有真面目,至少,不利于己的事,现在总还要藏起来。愿读者先明白这一点。

如果写不出,或者不能写了,马上就收场。所以这日记要有多么长,现在一点不知道。

一九二六年六月二十五日,记于东壁下。

六月二十五日

晴。

生病。——今天还写这个,仿佛有点多事似的。因为这是十天以前的事,现在倒已经可以算得好起来了。不过余波还没有完,所以也只好将这作为开宗明义章第一。谨案才子立言,总须大嚷三大苦难:一曰穷,二曰病,三曰社会迫害我。那结果,便是失掉了爱人;若用专门名词,则谓之失恋。我的开宗明义虽然近似第二大苦难,实际上却不然,倒是因为端午节前收了几文稿费,吃东西吃坏了,从此就不消化,胃痛。我的胃的八字[6]不见佳,向来就担不起福泽的。也很想看医生。中医,虽然有人说是玄妙无穷,内科尤为独步,我可总是不相信。西医呢,有名的看资贵,事情忙,诊视也潦草,无名的自然便宜些,然而我总还有些踌躇。事情既然到了这样,当然只好听凭敝胃隐隐地痛着了。

自从西医割掉了梁启超的一个腰子以后,责难之声就风起云涌了,连对于腰子不很有研究的文学家[7]也都"仗义执言"。同时,"中医了不得论"也就应运而起;腰子有病,何不服黄耆欤?什么有病,何不吃鹿茸欤?但西医的病院里确也常有死尸抬出。我曾经忠告过 G 先生:你要开医院,万不可收留些看来无法挽回的病人;治好了走出,没有人知道,死掉了抬出,就哄动一时了,尤其是死掉的如果是"名流"。我的本意是在设法推行新医学,但 G 先生却似乎以为我良心坏。这也未始不可以那么想,——由他去罢。

但据我看来,实行我所说的方法的医院可很有,只是他们的本意却并不在要使新医学通行。新的本国的西医又大抵模模胡胡,一出手便先学了中医一样的江湖诀,和水的龙胆丁几两日份八角;漱口的淡硼酸水每瓶一元。至于诊断学呢,我似的门外汉可不得而知。总之,西方的医学在中国还未萌芽,便已近于腐败。我虽然只相信西医,近来也颇有些望而却步了。

前几天和季茀[8]谈起这些事,并且说,我的病,只要有熟人开一个方就好,用不着向什么博士化冤钱。第二天,他就给我请了正在继续研究的 Dr. H.[9]来了。开了一个方,自然要用稀盐酸,还有两样这里无须说;我所最感谢的是又加些 Sirup Simpel[10]使我喝得甜甜的,不为难。向药房去配药,可又成为问题了,因为药房也不免有模模胡胡的,他所没有的药品,也许就替换,或者竟删除。结果是托 Fraeulein H.[11]远远地跑到较大的药房去。

这样一办,加上车钱,也还要比医院的药价便宜到四分之三。

胃酸得了外来的生力军,强盛起来,一瓶药还未喝完,痛就停止了。我决定多喝它几天。但是,第二瓶却奇怪,同一的药房,同一的药方,药味可是不同一了;不像前一回的甜,也不酸。我检查我自己,并不发热,舌苔也不厚,这分明是药水有些蹊跷。喝了两回,坏处倒也没有;幸而不是急病,不大要紧,便照例将它喝完。去买第三瓶时,却附带了严重的质问;那回答是：也许糖分少了一点罢。这意思就是说紧要的药品没有错。中国的事情真是稀奇，糖分少一点，不但不甜，连酸也不酸了，的确是"特别国情"[12]。

现在多攻击大医院对于病人的冷漠，我想，这些医院，将病人当作研究品，大概是有的，还有在院里的"高等华人"，将病人看作下等研究品，大概也是有的。不愿意的，只好上私人所开的医院去，可是诊金药价都很贵。请熟人开了方去买药呢，药水也会先后不同起来。

这是人的问题。做事不切实，便什么都可疑。吕端[13]大事不胡涂，犹言小事不妨胡涂点，这自然很足以显示我们中国人的雅量，然而我的胃痛却因此延长了。在宇宙的森罗万象中，我的胃痛当然不过是小事，或者简直不算事。

质问之后的第三瓶药水，药味就同第一瓶一样了。先前的闷胡卢，到此就很容易打破，就是那第二瓶里，是只有一日分的药，却加了两日分的水的，所以药味比正当的要薄一半。

虽然连吃药也那么蹭蹬，病却也居然好起来了。病略见好，H就攻击我头发长，说为什么不赶快去剪发。

这种攻击是听惯的，照例"着毋庸议"。但也不想用功，只是清理抽屉。翻翻废纸，其中有一束纸条，是前几年钞写的；这很使我觉得自己也日懒一日了，现在早不想做这类事。那时大概是想要做一篇攻击近时印书，胡乱标点之谬的文章的，废纸中就钞有很奇妙的例子。要塞进字纸篓里时，觉得有几条总还是爱不忍释，现在钞几条在这里，马上印出，以便"有目共赏"罢。其余的便作为换取火柴之助——

"国朝陈锡路黄��余话云。唐傅奕考覈道经众本。有项羽妾。本齐武平五年彭城人。开项羽妾冢。得之。"(上海进步书局石印本《茶香室丛钞》卷四第二叶。)

"国朝欧阳泉点勘记云。欧阳修醉翁亭。记让泉也。本集及滁州石刻。并同诸选本。作酿泉。误也。"(同上卷八第七叶。)

"袁石公典试秦中。后颇自悔。其少作诗文。皆粹然一出于正。"(上海士林精舍石印本《书影》卷一第四叶。)

"考……顺治中,秀水又有一陈忱,……著诚斋诗集,不出户庭,录读史随笔,同姓名录诸书。"(上海亚东图书馆排印本《水浒续集两种序》第七叶。)

标点古文,确是一种小小的难事,往往无从下笔;有许多处,我常疑心即使请作者自己来标点,怕也不免于迟疑。但上列的几条,却还不至于那么无从索解。末两条的意义尤显豁,而标点也弄得更聪明。[14]

六月二十六日

晴。

上午,得霁野[15]从他家乡寄来的信,话并不多,说家里有病人,别的一切人也都在毫无防备的将被疾病袭击的恐怖中;末尾还有几句感慨。

午后,织芳[16]从河南来,谈了几句,匆匆忙忙地就走了,放下两个包,说这是"方糖"[17],送你吃的,怕不见得好。织芳这一回有点发胖,又这么忙,又穿着方马褂,我恐怕他将要做官了。

打开包来看时,何尝是"方"的,却是圆圆的小薄片,黄棕色。吃起来又凉又细腻,确是好东西。但我不明白织芳为什么叫它"方糖"?但这也就可以作为他将要做官的一证。

景宋[18]说这是河南一处什么地方的名产,是用柿霜做成的;性凉,如果嘴角上生些小疮之类,用这一搽,便会好。怪不得有这么细腻,原来是凭了造化的妙手,用柿皮来滤过的。可惜到他说明的时候,我已经吃了一大半了。连忙将所余的收起,豫备将来嘴角上生疮的时候,好用这来搽。

夜间,又将藏着的柿霜糖吃了一大半,因为我忽而又以为嘴角上生疮的时候究竟不很多,还不如现在趁新鲜吃一点。不料一吃,就又吃了一大半了。

六月二十八日

晴,大风。

上午出门,主意是在买药,看见满街挂着五色国旗;军警林立。走到丰盛胡同中段,被军警驱入一条小胡同中。少顷,看见大路上黄尘滚滚,一辆摩托车[19]驰过;少顷,又是一辆;少顷,又是一辆;又是一辆;又是一辆……。车中人看不分明,但见金边帽。车边上挂着兵,有的背着扎红绸的板刀;小胡同中人都肃然有敬畏之意。又少顷,摩托车没有了,我们渐渐溜出,军警也不作声。

溜到西单牌楼大街,也是满街挂着五色国旗,军警林立。

一群破衣孩子,各各拿着一把小纸片,叫道:欢迎吴玉帅[20]号外呀!一个来叫我买,我没有买。

将近宣武门口,一个黄色制服,汗流满面的汉子从外面走进来,忽而大声道:草你妈!许多人都对他看,但他走过去了,许多人也就不看了。走进宣武门城洞下,又是一个破衣孩子拿着一把小纸片,但却默默地将一张塞给我,接来一看,是石印的李国恒先生的传单,内中大意,是说他的多年痔疮,已蒙一个国手叫作什么先生的医好了。

到了目的地的药房时,外面正有一群人围着看两个人的口角;一柄浅蓝色的旧洋伞正挡住药房门。我推那洋伞时,斤量很不轻;终于伞底下回过一个头来,问我"干什么?"我答说进去买药。他不作声,又回头去看口角去了,洋伞的位置依旧。我只好下了十二分的决心,猛力冲锋;一冲,可就冲进去了。

药房里只有帐桌上坐着一个外国人,其余的店伙都是年青的同胞,服饰干净漂亮。不知怎地,我忽而觉得十年以后,他们便都要变为高等华人,而自己却现在就有下等人之感。于是乎恭恭敬敬地将药方和瓶子捧呈给一位分开头发的同胞。

"八毛五分。"他接了,一面走,一面说。

"喂!"我实在耐不住,下等脾气又发作了。药价八毛,瓶子钱照例五分,我是知道的。现在自己带了瓶子,怎么还要付五分钱呢?这一个"喂"字的功用就和国骂的"他妈的"相同,其中含有这么多的意义。

"八毛!"他也立刻懂得,将五分钱让去,真是"从善如流",有正人君子的风度。

我付了八毛钱,等候一会,药就拿出来了。我想,对付这一种同胞,有时是不宜于太客气的。于是打开瓶塞,当面尝了一尝。

"没有错的。"他很聪明,知道我不信任他。

"唔。"我点头表示赞成。其实是,还是不对,我的味觉不至于很麻木,这回觉得太酸了一点了,他连量杯也懒得用,那稀盐酸分明已经过量。然而这于我倒毫无妨碍的,我可以每回少喝些,或者对上水,多喝它几回。所以说"唔";"唔"者,介乎两可之间,莫明其真意之所在之答话也。

"回见回见!"我取了瓶子,走着说。

"回见。不喝水么?"

"不喝了。回见。"

我们究竟是礼教之邦的国民,归根结蒂,还是礼让。让出了玻璃门之后,在大毒日头底下的尘土中趑行,行到东长安街左近,又是军警林立。我正想横穿过去,一个巡警伸手拦住道:不成!我说只要走十几步,到对面就好了。他的回答仍然是:不成!那结果,是从别的道路绕。

绕到L君[21]的寓所前,便打门,打出一个小使来,说L君出去了,须得午饭时候才回家。我说,也快到这个时候了,我在这里等一等罢。他说:不成! 你贵姓呀?这使我很狼狈,路既这么远,走路又这么难,白走一遭,实在有些可惜。我想了十秒钟,便从衣袋里挖出一张名片来,叫他进去禀告太太,说有这么一个人,要在这里等一等,可以不?约有半刻钟,他出来了,结果是:也不成!先生要三点钟才回来哩,你三点钟再来罢。

又想了十秒钟,只好决计去访C君,仍在大毒日头底下的尘土中趑行,这回总算一路无阻,到了。打门一问,来开门的答道:去看一看可在家。我想:这一次是大有希望了。果然,即刻领我进客厅,C君也跑出来。我首先就要求他请我吃午饭。于是请我吃面包,还有葡萄酒;主人自己却吃面。那结果是一盘面包被我吃得精光,虽然另有奶油,可是四碟菜也所余无几了。

吃饱了就讲闲话,直到五点钟。

客厅外是很大的一块空地方,种着许多树。一株频果树下常有孩子们徘徊;C君说,那是在等候频果落下来的;因为有定律:谁拾得就归谁所有。我很笑孩子们耐心,肯做这样的迂远事。然而奇怪,到我辞别出去时,我看见三个孩子手里已经各有一个频果了。

回家看日报,上面说:"……吴在长辛店留宿一宵。除上述原因外,尚有一事,系吴由保定启程后,张其锽曾为吴卜一课,谓二十八日入京大利,必可平定西北。二十七日入京欠佳。吴颇以为然。此亦吴氏迟一日入京之由来也。"[22]因此又想起我今天"不成"了大半天,运气殊属欠佳,不如也卜一课,以觇晚上的休咎罢。但我不明卜法,又无筮龟,实在无从措手。后来发明了一种新法,就是随便拉过一本书来,闭了眼睛,翻开,用手指指下去,然后张开眼,看指着的两句,就算是卜辞。

用的是《陶渊明集》,如法泡制,那两句是:"寄意一言外,兹契谁能别。"[23]详了一会,竟不知道是怎么一回事。

* * *

〔1〕 本篇最初连续发表于1926年7月5日、8日、10日、12日北京《世界日报副刊》。

〔2〕 段祺瑞曾撰《二感篇》,发表在《甲寅》周刊第一卷第十八号(1925年11月14日),分《内感》与《外感》两篇。"内感"是对国内时局的感想;"外感"是对国际时局的感想。在《内感》篇内,他大谈封建的"道德仁义",并语含杀机地说:"最奇特者。人之所无。而我更有澎湃之学潮。可谓新之又新。……不加裁制。胡可以安良善。郑子产曰。水懦民玩多死焉。故唐尧四凶之殛。孔子少正卯之诛。……不得已而出此。是必有故。"这里的"外冒篇"是对段祺瑞的讽刺。

〔3〕 李慈铭(1830—1894) 字㤅伯,号莼客,浙江会稽(今绍兴)人,清末文学家。室名越缦堂,所著《越缦堂日记》,系按日记述的读书札记,始于1853年,止于1889年,内容涉及经史百家及时事。商务印书馆于1920年影印出版。

〔4〕"有厚望焉" 1926年4月中旬,段祺瑞在逃往天津前发出八道"命令"。第一道"严禁赤化"中说:"惟是共产之祸,举国非之,及今不图,何以为国,尚望各省军民长官,国内耆旧,设法消弭,勿任滋蔓,有厚望焉。"这里是顺笔对段的讽刺。

〔5〕《世界日报》 成舍我主办,1925年2月1日创刊于北京。1926年6月中旬,该报请刘半农编辑副刊。据鲁迅日记,刘在6月18日访作者约稿。作者便自6月25日起为该刊写了《马上日记》等文。

〔6〕 八字 旧时用天干(甲乙丙丁戊己庚辛壬癸)地支(子丑寅卯辰巳午未申酉戌亥)相配,来记一个人出生的年、月、日、时,各得两字,合为"八字"。迷信认为根据这八个字可推算人的命运祸福。

〔7〕 对于腰子不很有研究的文学家 指陈西滢、徐志摩等人。1926年3月,梁启超因尿血症在北京协和医院诊治,由医生割去右肾后,不但血未全清,连病源也未查出。当时陈西滢为此写了两篇《闲话》(刊于5月15日、22日《现代评论》第三卷第七十五、七十六期),徐志摩也写过一篇《我们病了怎么办?》(5月29日《晨报副刊》),一起对手术的医生加以指责和嘲讽。陈西滢在《现代评论》第七十六期的《闲话》中说:"我们朋友的里面,曾经有过被西医所认为毫无希望,而一经中医医治,不半月便霍然病愈的人,而且不止一二位。"这里的"中医了不得论",即指此类言论。

〔8〕 季茀 许寿裳(1883—1948),字季茀,浙江绍兴人,教育家。作者留学日本弘文学院时的同学,其后又在教育部、北京女子师范大学、中山大学等处同事多年,与作者友情甚笃。抗日战争胜利后,在台湾大学任教,1948年2月18日深夜被刺杀于台北。著有《鲁迅年谱》、《亡友鲁迅印象记》、《我所认识的鲁迅》等。

〔9〕 Dr. H. 指许诗堇,许寿裳兄许铭伯之子。鲁迅1926年6月19日日记:"上午,季市、诗堇来,为立一方治胃病。"

〔10〕 Sirup Simpel 德语:纯糖浆。

〔11〕 Fraeulein H. 德语:H女士(即许广平)。参看本书第203页注〔2〕。

〔12〕 "特别国情" 这是1915年袁世凯阴谋复辟帝制时,他的宪法顾问美国人古德诺散布的一种谬论。古德诺在该年8月10日的北京《亚细亚日报》发表《共和与君主论》一文,声称中国自有"特别国情","民智卑下之国,最难于建立共和",应恢复君主政体,为袁世凯称

帝制造舆论。这里借作对药房欺诈行为的讥讽。

〔13〕 吕端(933—998) 字易直,幽州安次(今属河北)人,宋太宗时为宰相。《宋史·吕端传》说:"太宗欲相端,或曰:'端为人糊涂。'太宗曰:'端小事糊涂,大事不糊涂。'决意相之。"

〔14〕 各条标点,应如下:

"国朝陈锡路《黄嬭余话》云:唐傅奕考覈道经众本,有项羽妾本;齐武平五年,彭城人开项羽妾冢,得之。"

"国朝欧冶泉《点勘记》云:欧阳修《醉翁亭记》'让泉也',本集及滁州石刻并同;诸选本作'酿泉',误也。"

"袁石公典试秦中后,颇自悔其少作;诗文皆粹然一出于正。"

"考……顺治中,秀水又有一陈忱,……著《诚斋诗集》、《不出户庭录》、《读史随笔》、《同姓名录》诸书。"

〔15〕 霁野 李霁野(1904—1997),安徽霍丘人,未名社成员,翻译家。译有剧本《往星中》(安特来夫)、小说《被侮辱与被损害的》(陀思妥耶夫斯基),著有短篇小说集《影》及《回忆鲁迅先生》等。

〔16〕 织芳 即荆有麟(1903—1951),笔名织芳,山西猗氏人。他曾在北京世界语专门学校听过作者的课,当时参加《莽原》的编辑工作。1927年后任职于国民党军政部门,加入特务组织"中统"。

〔17〕 "方糖" 即霜糖,河南开封地区的名产。当地的口音读"霜"为"方"。

〔18〕 景宋 许广平(1898—1968),笔名景宋,广东番禺人,北京女子师范大学毕业,鲁迅夫人。著有《欣慰的纪念》、《关于鲁迅的生活》、《遭难前后》、《鲁迅回忆录》等。

〔19〕 摩托车 这里指小汽车。

〔20〕 吴玉帅 指北洋直系军阀吴佩孚(字子玉)。1926年春他与奉系军阀张作霖联合进攻国民军,4月,国民军失败退出北京等地,他

便在这时来到北京。

〔21〕 L君　指刘复(半农),参看本书第133页注〔4〕。下文的C君,指齐宗颐(寿山),参看本书第170页注〔45〕。据鲁迅1926年6月28日日记载:"晴。……往信昌药房买药。访刘半农不值。访寿山。"

〔22〕 这一段报道见1926年6月28日《世界日报》所载的"本报特讯"。张其锽(1877—1927),广西临桂(今桂林)人,当时是吴佩孚的秘书长。

〔23〕 "寄意一言外,兹契谁能别。" 语出陶潜《癸卯岁十二月中作与从弟敬远》一诗。

马上支日记[1]

前几天会见小峰,谈到自己要在半农所编的副刊上投点稿,那名目是《马上日记》。小峰怃然曰,回忆归在《旧事重提》[2]中,目下的杂感就写进这日记里面去……。意思之间,似乎是说:你在《语丝》上做什么呢?——但这也许是我自己的疑心病。我那时可暗暗地想:生长在敢于吃河豚的地方的人,怎么也会这样拘泥?政党会设支部,银行会开支店,我就不会写支日记的么?因为《语丝》上须投稿,而这暗想马上就实行了,于是乎作支日记。

六月二十九日

晴。

早晨被一个小蝇子在脸上爬来爬去爬醒,赶开,又来;赶开,又来;而且一定要在脸上的一定的地方爬。打了一回,打它不死,只得改变方针:自己起来。

记得前年夏天路过 S 州[3],那客店里的蝇群却着实使人惊心动魄。饭菜搬来时,它们先追逐着赏鉴;夜间就停得满屋,我们就枕,必须慢慢地,小心地放下头去,倘若猛然一躺,惊动了它们,便轰的一声,飞得你头昏眼花,一败涂地。到黎明,青年们所希望的黎明,那自然就照例地到你脸上来爬来爬去了。但我经过街上,看见一个孩子睡着,五六个蝇子在他脸上爬,他却睡得甜甜的,连皮肤也不牵动一下。在中国过活,这样的训练和涵养工夫是万不可少的。与其鼓吹什么"捕蝇"[4],倒不如练习这一种本领来得切实。

什么事都不想做。不知道是胃病没有全好呢,还是缺少了睡眠时间。仍旧懒懒地翻翻废纸,又看见几条《茶香室丛钞》[5]式的东西。已经团入字纸篓里的了,又觉得"弃之不甘",挑一点关于《水浒传》[6]的,移录在这里罢——

宋洪迈《夷坚甲志》[7]十四云:"绍兴二十五年,吴傅朋说除守安丰军,自番阳遣一卒往呼吏士,行至舒州境,见村民穰穰,十百相聚,因弛担观之。其人曰,吾村有妇人为虎衔去,其夫不胜愤,独携刀往探虎穴,移时不反,今谋往救也。久之,民负死妻归,云,初寻迹至穴,虎牝牡皆不在,有二子戏岩窦下,即杀之,而隐其中以俟。少顷,望牝者衔一人至,倒身入穴,不知人藏其中也。吾急持尾,断其一足。虎弃所衔人,跟踖而窜;徐出视之,果吾妻也,死矣。虎曳足行数十步,堕涧中。吾复入窦伺,牡者俄咆跃而至,亦以尾先入,又如前法杀之。妻冤已报,无憾矣。乃邀邻里往视,舆四虎以归,分烹之。"案《水浒传》叙李逵沂岭杀四虎事,情状极相类,疑即本此等传说作之。《夷坚甲志》成于乾道初(1165),此条题云《舒民杀四虎》。

宋庄季裕《鸡肋编》[8]中云:"浙人以鸭儿为大讳。北人但知鸭羹虽甚热,亦无气。后至南方,乃始知鸭若只一雄，则虽合而无卵，须二三始有子，其以为讳者，盖为是耳，不在于无气也。"案《水浒传》叙郓哥向武大索麦稃，"武大道：'我屋里又不养鹅鸭，那里有这麦稃？'郓哥道：'你说没麦稃，怎地栈得肥胮胮地，便颠倒提起你来也不妨，煮你在锅里也没气？'武大道：'含鸟猢狲！倒骂得我好。我的老婆又不偷汉子，我如何是鸭？'……"鸭必多雄始孕，盖宋时浙中俗说，今已不知。然由此可知《水浒传》确为旧本，其著者则浙人；虽庄季裕，亦仅知鸭羹无气而已。《鸡肋编》有绍兴三年（1133）序，去今已将八百年。

元陈泰[9]《所安遗集》《江南曲序》云："余童丱时，闻长老言宋江事，未究其详。至治癸亥秋九月十六日，过梁山泊，舟遥见一峰，嵲嶫雄跨，问之篙师，曰，此安山也，昔宋江事处，绝湖为池，阔九十里，皆蕖荷菱芡，相传以为宋妻所植。宋之为人，勇悍狂侠，其党如宋者三十六人。至今山下有分赃台，置石座三十六所，俗所谓'去时三十六，归时十八双'，意者其自誓之辞也。始予过此，荷花弥望，今无复存者，惟残香相送耳。因记王荆公诗云：'三十六陂春水，白头想见江南。'味其词，作《江南曲》以叙游历，且以慰宋妻种荷之意云。（原注：曲因蠹损无存。）"案宋江有妻在梁山泺中，且植芰荷，仅见于此；而谓江勇悍狂侠，亦与今所传性格绝殊，知《水浒》故事，宋元来异说多矣。泰字志同，号所安，茶陵人，延祐甲寅（1314），以《天马赋》中省试第十二名，会试赐乙卯科张起岩榜进士第,由翰林庶吉士改授龙南令,卒官。至曾孙朴,始集其遗文为一卷。成化丁未,来孙[10]铨等又并补遗重刊之。《江南曲》即在补遗中,而失其诗。近《涵芬楼秘笈》第十集收金侃[11]手写本,则并序失之矣。"舟遥见一峰"及"昔宋江事处"二句,当有脱误,未见别本,无以正之。

七月一日

晴。

上午,空六[12]来谈;全谈些报纸上所载的事,真伪莫辨。许多工夫之后,他走了,他所谈的我几乎都忘记了,等于不谈。只记得一件:据说吴佩孚大帅在一处宴会的席上发表,查得赤化的始祖乃是蚩尤,因为"蚩""赤"同音,所以蚩尤即"赤尤","赤尤"者,就是"赤化之尤"的意思;[13]说毕,合座为之"欢然"云。

太阳很烈,几盆小草花的叶子有些垂下来了,浇了一点水。田妈忠告我:浇花的时候是每天必须一定的,不能乱;一乱,就有害。我觉得有理,便踌躇起来;但又想,没有人在一定的时候来浇花,我又没有一定的浇花的时候,如果遵照她的学说,那些小花可只好晒死罢了。即使乱浇,总胜于不浇;即使有害,总胜于晒死罢。便继续浇下去,但心里自然也不大踊跃。下午,叶子都直起来了,似乎不甚有害,这才放了心。

灯下太热,夜间便在暗中呆坐着,凉风微动,不觉也有些"欢然"。人倘能够"超然象外"[14],看看报章,倒也是一种清福。我对于报章,向来就不是博览家,然而这半年来,已经很遇见了些铭心绝品。远之,则如段祺瑞执政的《二感篇》,张之江督办的《整顿学风电》[15],陈源教授的《闲话》;近之,则如丁文江督办(?)的自称"书呆子"演说[16],胡适之博士的英国庚款答问[17],牛荣声先生的"开倒车"论(见《现代评论》七十八期)[18],孙传芳督军的与刘海粟先生论美术书[19]。但这些比起赤化源流考来,却又相去不可以道里计。今年春天,张之江督办明明有电报来赞成枪毙赤化嫌疑的学生,而弄到底自己还是逃不出赤化。这很使我莫明其妙;现在既知道蚩尤是赤化的祖师,那疑团可就冰释了。蚩尤曾打炎帝,炎帝也是"赤魁"。炎者,火德也,火色赤;帝不就是首领么?所以三一八惨案,即等于以赤讨赤,无论那一面,都还是逃不脱赤化的名称。

这样巧妙的考证天地间委实不很多,只记得先前在日本东京时,看见《读卖新闻》上逐日登载着一种大著作,其中有黄帝即亚伯拉罕的考据[20]。大意是日本称油为"阿蒲拉"(Abura),油的颜色大概是黄的,所以"亚伯拉"就是"黄"。至于"帝",是与"罕"形近,还是与"可汗"音近呢,我现在可记不真确了,总之:阿伯拉罕即油帝,油帝就是黄帝而已。篇名和作者,现在也都忘却,只记得后来还印成一本书,而且还只是上卷。但这考据究竟还过于弯曲,不深究也好。

七月二日

晴。

午后，在前门外买药后，绕到东单牌楼的东亚公司闲看。这虽然不过是带便贩卖一点日本书，可是关于研究中国的就已经很不少。因为或种限制，只买了一本安冈秀夫所作的《从小说看来的支那民族性》[21]就走了，是薄薄的一本书，用大红深黄做装饰的，价一元二角。

傍晚坐在灯下，就看看那本书，他所引用的小说有三十四种，但其中也有其实并非小说和分一部为几种的。蚊子来叮了好几口，虽然似乎不过一两个，但是坐不住了，点起蚊烟香来，这才总算渐渐太平下去。

安冈氏虽然很客气，在绪言上说，"这样的也不仅只支那人，便是在日本，怕也有难于漏网的。"但是，"一测那程度的高下和范围的广狭，则即使夸称为支那的民族性，也毫无应该顾忌的处所，"所以从支那人的我看来，的确不免汗流浃背。只要看目录就明白了：一，总说；二，过度置重于体面和仪容；三，安运命而肯罢休；四，能耐能忍；五，乏同情心多残忍性；六，个人主义和事大主义；七，过度的俭省和不正的贪财；八，泥虚礼而尚虚文；九，迷信深；十，耽享乐而淫风炽盛。

他似乎很相信 Smith 的《Chinese Characteristics》[22]，常常引为典据。这书在他们，二十年前就有译本，叫作《支那人气质》；但是支那人的我们却不大有人留心它。第一章就是 Smith 说，以为支那人是颇有点做戏气味的民族，精神略有亢奋，就成了戏子样，一字一句，一举手一投足，都装模装样，出于本心的分量，倒还是撑场面的分量多。这就是因为太重体面了，总想将自己的体面弄得十足，所以敢于做出这样的言语动作来。总而言之，支那人的重要的国民性所成的复合关键，便是这"体面"。

我们试来博观和内省，便可以知道这话并不过于刻毒。相传为戏台上的好对联，是"戏场小天地，天地大戏场"。大家本来看得一切事不过是一出戏，有谁认真的，就是蠢物。但这也并非专由积极的体面，心有不平而怯于报复，也便以万事是戏的思想了之。万事既然是戏，则不平也非真，而不报也非怯了。所以即使路见不平，不能拔刀相助，也还不失其为一个老牌的正人君子。

我所遇见的外国人，不知道可是受了 Smith 的影响，还是自己实验出来的，就很有几个留心研究着中国人之所谓"体面"或"面子"。但我觉得，他们实在是已经早有心得，而且应用了，倘若更加精深圆熟起来，则不但外交上一定胜利，还要取得上等"支那人"的好感情。这时须连"支那人"三个字也不说，代以"华人"，因为这也是关于"华人"的体面的。

我还记得民国初年到北京时，邮局门口的扁额是写着"邮政局"的，后来外人不干涉中国内政的叫声高起来，不知道是偶然还是什么，不几天，都一律改了"邮务局"了。外国人管理一点邮"务"，实在和内"政"不相干，这一出戏就一直唱到现在。

向来，我总不相信国粹家道德家之类的痛哭流涕是真心，即使眼角上确有珠泪横流，也须检查他手巾上可浸着辣椒水或生姜汁。什么保存国故，什么振兴道德，什么维持公理，什么整顿学风……心里可真是这样想？一做戏，则前台的架子，总与在后台的面目不相同。但看客虽然明知是戏,只要做得像,也仍然能够为它悲喜,于是这出戏就做下去了;有谁来揭穿的,他们反以为扫兴。

中国人先前听到俄国的"虚无党"三个字,便吓得屁滚尿流,不下于现在之所谓"赤化"。其实是何尝有这么一个"党";只是"虚无主义者"或"虚无思想者"却是有的,是都介涅夫[23](I. Turgeniev)给创立出来的名目,指不信神,不信宗教,否定一切传统和权威,要复归那出于自由意志的生活的人物而言。但是,这样的人物,从中国人看来也就已经可恶了。然而看看中国的一些人,至少是上等人,他们的对于神,宗教,传统的权威,是"信"和"从"呢,还是"怕"和"利用"?只要看他们的善于变化,毫无特操,是什么也不信从的,但总要摆出和内心两样的架子来。要寻虚无党,在中国实在很不少;和俄国的不同的处所,只在他们这么想,便这么说,这么做,我们的却虽然这么想,却是那么说,在后台这么做,到前台又那么做……。将这种特别人物,另称为"做戏的虚无党"或"体面的虚无党"以示区别罢,虽然这个形容词和下面的名词万万联不起来。

夜,寄品青[24]信,托他向孔德学校去代借《闻邱辨囿》[25]。

夜半,在决计睡觉之前,从日历上将今天的一张撕去,下面这一张是红印的。我想,明天还是星期六,怎么便用红字了呢?仔细看时,有两行小字道:"马厂誓师再造共和纪念"[26]。我又想,明天可挂国旗呢?……于是,不想什么,睡下了。

七月三日

晴。

热极,上半天玩,下半天睡觉。

晚饭后在院子里乘凉,忽而记起万牲园[27],因此说:那地方在夏天倒也很可看,可惜现在进不去了。田妈就谈到那管门的两个长人,说最长的一个是她的邻居,现在已经被美国人雇去,往美国了,薪水每月有一千元。

这话给了我一个很大的启示。我先前看见《现代评论》上保举十一种好著作,杨振声先生的小说《玉君》即是其中的一种,理由之一是因为做得"长"。[28]我于这理由一向总有些隔膜,到七月三日即"马厂誓师再造共和纪念"的晚上这才明白了:"长",是确有价值的。《现代评论》的以"学理和事实"并重自许,确也说得出,做得到。

今天到我的睡觉时为止,似乎并没有挂国旗,后半夜补挂与否,我不知道。

七月四日

晴。

早晨,仍然被一个蝇子在脸上爬来爬去爬醒,仍然赶不走,仍然只得自己起来。品青的回信来了,说孔德学校没有《闲邱辨囿》。

也还是因为那一本《从小说看来的支那民族性》。因为那里面讲到中国的肴馔,所以也就想查一查中国的肴馔。我于此道向来不留心,所见过的旧记,只有《礼记》里的所谓"八珍"[29],《酉阳杂俎》[30]里的一张御赐菜帐和袁枚名士的《随园食单》[31]。元朝有和斯辉的《饮馔正要》[32],只站在旧书店头翻了一翻,大概是元版的,所以买不起。唐朝的呢,有杨煜的《膳夫经手录》[33],就收在《间邱辨囿》中。现在这书既然借不到,只好拉倒了。

近年尝听到本国人和外国人颂扬中国菜,说是怎样可口,怎样卫生,世界上第一,宇宙间第n。但我实在不知道怎样的是中国菜。我们有几处是嚼葱蒜和杂合面饼,有几处是用醋,辣椒,腌菜下饭;还有许多人是只能舐黑盐,还有许多人是连黑盐也没得舐。中外人士以为可口,卫生,第一而第n的,当然不是这些;应该是阔人,上等人所吃的肴馔。但我总觉得不能因为他们这么吃,便将中国菜考列一等,正如去年虽然出了两三位"高等华人",而别的人们也还是"下等"的一般。

安冈氏的论中国菜,所引据的是威廉士的《中国》[34](《Middle Kingdom by Williams》),在最末《耽享乐而淫风炽盛》这一篇中。其中有这么一段——

"这好色的国民,便在寻求食物的原料时,也大概以所想像的性欲底效能为目的。从国外输入的特殊产物的最多数,就是认为含有这种效能的东西。……在大宴会中,许多菜单的最大部分,即是想像为含有或种特殊的强壮剂底性质的奇妙的原料所做。……"

我自己想,我对于外国人的指摘本国的缺失,是不很发生反感的，但看到这里却不能不失笑。筵席上的中国菜诚然大抵浓厚，然而并非国民的常食；中国的阔人诚然很多淫昏，但还不至于将肴馔和壮阳药并合。"纣虽不善，不如是之甚也。"[35]研究中国的外国人，想得太深，感得太敏，便常常得到这样——比"支那人"更有性底敏感——的结果。

安冈氏又自己说——

> "笋和支那人的关系，也与虾正相同。彼国人的嗜笋，可谓在日本人以上。虽然是可笑的话，也许是因为那挺然翘然的姿势，引起想像来的罢。"

会稽至今多竹。竹，古人是很宝贵的，所以曾有"会稽竹箭"[36]的话。然而宝贵它的原因是在可以做箭，用于战斗，并非因为它"挺然翘然"像男根。多竹，即多笋；因为多，那价钱就和北京的白菜差不多。我在故乡，就吃了十多年笋，现在回想，自省，无论如何，总是丝毫也寻不出吃笋时，爱它"挺然翘然"的思想的影子来。因为姿势而想像它的效能的东西是有一种的，就是肉苁蓉[37]，然而那是药，不是菜。总之，笋虽然常见于南边的竹林中和食桌上，正如街头的电干和屋里的柱子一般，虽"挺然翘然"，和色欲的大小大概是没有什么关系的。

然而洗刷了这一点，并不足证明中国人是正经的国民。要得结论，还很费周折罢。可是中国人偏不肯研究自己。安冈氏又说，"去今十余年前，有……称为《留东外史》[38]这一种不知作者的小说，似乎是记事实，大概是以恶意地描写日本人的性底不道德为目的的。然而通读全篇，较之攻击日本人，倒是不识不知地将支那留学生的不品行,特地费了力招供出来的地方更其多,是滑稽的事。"这是真的,要证明中国人的不正经,倒在自以为正经地禁止男女同学,禁止模特儿这些事件上。

我没有恭逢过奉陪"大宴会"的光荣,只是经历了几回中宴会,吃些燕窝鱼翅。现在回想,宴中宴后,倒也并不特别发生好色之心。但至今觉得奇怪的,是在燉,蒸,煨的烂熟的肴馔中间,夹着一盘活活的醉虾。据安冈氏说,虾也是与性欲有关系的;不但从他,我在中国也听到过这类话。然而我所以为奇怪的,是在这两极端的错杂,宛如文明烂熟的社会里,忽然分明现出茹毛饮血的蛮风来。而这蛮风,又并非将由蛮野进向文明,乃是已由文明落向蛮野,假如比前者为白纸,将由此开始写字,则后者便是涂满了字的黑纸罢。一面制礼作乐,尊孔读经,"四千年声明文物之邦",真是火候恰到好处了,而一面又坦然地放火杀人,奸淫掳掠,做着虽蛮人对于同族也还不肯做的事……全个中国,就是这样的一席大宴会!

我以为中国人的食物,应该去掉煮得烂熟,萎靡不振的;也去掉全生,或全活的。应该吃些虽然熟,然而还有些生的带着鲜血的肉类……。

正午,照例要吃午饭了,讨论中止。菜是:干菜,已不"挺然翘然"的笋干,粉丝,腌菜。对于绍兴,陈源教授所憎恶的是"师爷"和"刀笔吏的笔尖",我所憎恶的是饭菜。《嘉泰会稽志》[39]已在石印了,但还未出版,我将来很想查一查,究竟绍兴遇着过多少回大饥馑,竟这样地吓怕了居民,仿佛明天便要到世界末日似的,专喜欢储藏干物品。有菜,就晒干;有鱼,也晒干;有豆,又晒干;有笋,又晒得它不像样;菱角是以富于水分,肉嫩而脆为特色的,也还要将它风干……。听说探险北极的人,因为只吃罐头食物,得不到新东西,常常要生坏血病;倘若绍兴人肯带了干菜之类去探险,恐怕可以走得更远一点罢。

晚,得乔峰[40]信并丛芜所译的布宁[41]的短篇《轻微的欷歔》稿,在上海的一个书店里默默地躺了半年,这回总算设法讨回来了。

中国人总不肯研究自己。从小说来看民族性,也就是一个好题目。此外,则道士思想(不是道教,是方士)与历史上大事件的关系,在现今社会上的势力;孔教徒怎样使"圣道"变得和自己的无所不为相宜;战国游士说动人主的所谓"利""害"是怎样的,和现今的政客有无不同;中国从古到今有多少文字狱;历来"流言"的制造散布法和效验等等……可以研究的新方面实在多。

七月五日

晴。

晨,景宋将《小说旧闻钞》的一部分理清送来。自己再看了一遍,到下午才毕,寄给小峰付印。天气实在热得可以。

觉得疲劳。晚上,眼睛怕见灯光,熄了灯躺着,仿佛在享福。听得有人打门,连忙出去开,却是谁也没有,跨出门去根究,一个小孩子已在暗中逃远了。

关了门,回来,又躺下,又仿佛在享福。一个行人唱着戏文走过去,余音袅袅,道,"咿,咿,咿!"不知怎地忽然想起今天校过的《小说旧闻钞》里的强汝询[42]老先生的议论来。这位先生的书斋就叫作求有益斋,则在那斋中写出来的文章的内容,也就可想而知。他自己说,诚不解一个人何以无聊到要做小说,看小说。但于古小说的判决却从宽,因为他古,而且昔人已经著录了。

憎恶小说的也不只是这位强先生,诸如此类的高论,随在可以闻见。但我们国民的学问,大多数却实在靠着小说,甚至于还靠着从小说编出来的戏文。虽是崇奉关岳[43]的大人先生们,倘问他心目中的这两位"武圣"的仪表,怕总不免是细着眼睛的红脸大汉和五绺长须的白面书生,或者还穿着绣金的缎甲,脊梁上还插着四张尖角旗。

近来确是上下同心,提倡着忠孝节义了,新年到庙市上去看年画,便可以看见许多新制的关于这类美德的图。然而所画的古人,却没有一个不是老生,小生,老旦,小旦,末,外,花旦……。

七月六日

晴。

午后,到前门外去买药。配好之后,付过钱,就站在柜台前喝了一回份。其理由有三:一,已经停了一天了,应该早喝;二,尝尝味道,是否不错的;三,天气太热,实在有点口渴了。

不料有一个买客却看得奇怪起来。我不解这有什么可以奇怪的；然而他竟奇怪起来了，悄悄地向店伙道：

"那是戒烟药水罢？"

"不是的！"店伙替我维持名誉。

"这是戒大烟的罢？"他于是直接地问我了。

我觉得倘不将这药认作"戒烟药水"，他大概是死不瞑目的。人生几何，何必固执，我便似点非点的将头一动，同时请出我那"介乎两可之间"的好回答来：

"唔唔……。"

这既不伤店伙的好意，又可以聊慰他热烈的期望，该是一帖妙药。果然，从此万籁无声，天下太平，我在安静中塞好瓶塞，走到街上了。

到中央公园[44]，径向约定的一个僻静处所，寿山[45]已先到，略一休息，便开手对译《小约翰》[46]。这是一本好书，然而得来却是偶然的事。大约二十年前，我在日本东京的旧书店头买到几十本旧的德文文学杂志，内中有着这书的绍介和作者的评传，因为那时刚译成德文。觉得有趣，便托丸善书店去买来了；想译，没有这力。后来也常常想到，但总为别的事情岔开；直到去年，才决计在暑假中将它译好，并且登出广告去，而不料那一暑假过得比别的时候还艰难。今年又记得起来，翻检一过，疑难之处很不少，还是没有这力。问寿山可肯同译，他答应了，于是开手；并且约定，必须在这暑假期中译完。

晚上回家，吃了一点饭，就坐在院子里乘凉。田妈告诉我，今天下午，斜对门的谁家的婆婆和儿媳大吵了一通嘴。据她看来,婆婆自然有些错,但究竟是儿媳妇太不合道理了。问我的意思,以为何如。我先就没有听清吵嘴的是谁家,也不知道是怎样的两个婆媳,更没有听到她们的来言去语,明白她们的旧恨新仇。现在要我加以裁判,委实有点不敢自信,况且我又向来并不是批评家。我于是只得说:这事我无从断定。

但是这句话的结果很坏。在昏暗中,虽然看不见脸色,耳朵中却听到:一切声音都寂然了。静,沉闷的静;后来还有人站起,走开。

我也无聊地慢慢地站起,走进自己的屋子里,点了灯,躺在床上看晚报;看了几行,又无聊起来了,便碰到东壁下去写日记,就是这《马上支日记》。

院子里又渐渐地有了谈笑声,说论声。

今天的运气似乎很不佳:路人冤我喝"戒烟药水",田妈说我……。她怎么说,我不知道。但愿从明天起,不再这样。

*　　*　　*

〔1〕 本篇最初连续发表于1926年7月12日、26日,8月2日、16日《语丝》周刊第八十七、八十九、九十、九十二期。

〔2〕 《旧事重提》　鲁迅散文集《朝花夕拾》各篇最初在《莽原》半月刊上发表时的总名。

〔3〕 S州　指河南陕州(今三门峡)。1924年7、8月间,鲁迅曾应陕西教育厅和西北大学的邀请到西安讲学,往返都经过这里。

〔4〕 鼓吹什么"捕蝇"　当时北京有些团体和学校提倡捕蝇活动,有的举办捕蝇比赛会,有的出资以发动贫苦小孩捕蝇出卖。

〔5〕《茶香室丛钞》　俞樾所著笔记,共四集,一〇六卷。俞樾(1821—1907),字荫甫,号曲园,浙江德清人,清代学者。

〔6〕《水浒传》　长篇小说,明代施耐庵著。

〔7〕洪迈(1123—1202)　字景庐,鄱阳(今江西波阳)人,宋代文学家。《夷坚甲志》,是他所著的笔记小说,原为正集、支集、三集、四集,共四二〇卷;现在留传下来的,以张元济校辑本二〇六卷为较完善。这里所引的一条,出正集甲志第十四卷。

〔8〕庄季裕　名绰,字季裕,宋代山西清源(今属清徐)人。《鸡肋编》,是他所著的笔记,内容多述轶闻旧事,凡三卷。这里所引的一条,出于该书卷中。

〔9〕陈泰　字志同,号所安,元代茶陵(今属湖南)人,仁宗延祐年间曾官龙泉主簿等职。

〔10〕来孙　玄孙的儿子。自本身下数为第六代。

〔11〕《涵芬楼秘笈》　商务印书馆编印的一套丛书,共出十集。涵芬楼,商务印书馆存放善本图书的藏书楼名。金侃(约1635—1703),字亦陶,江苏苏州人,清代藏书家。

〔12〕空六　即陈廷璠,陕西鄠县(今户县)人,北京大学毕业。当时任北京世界语专门学校教务主任。

〔13〕蚩尤　我国古代传说中的九黎族酋长。《史记·五帝本纪》:"蚩尤作乱,不用帝命,于是黄帝乃征师诸侯,与蚩尤战于涿鹿之野,遂禽杀蚩尤。"1926年6月,北洋军阀吴佩孚为了宣传"讨赤",曾经在北京怀仁堂的一次宴会上发表谬论说:"赤化之源,为黄帝时之蚩尤,以蚩赤同音,蚩尤即赤化之祖。"(见《向导》周报第一六一期"寸铁"栏所载陈独秀〔署名"实"〕的《赤化过激都是国粹》一文。)

〔14〕"超然象外"　语出唐代司空图《诗品》:"超以象外,得其环中。"原意是形容诗歌的"雄浑"的风格,这里是对人生社会漠不关心的

意思。

〔15〕 张之江(1882—1966) 字紫珉,直隶盐山(今属河北)人,国民军将领。1926年冯玉祥通电下野后他任西北边防督办、西北军总司令。关于他的《整顿学风电》,参看本书第97页注〔7〕。

〔16〕 丁文江(1887—1936) 字在君,江苏泰兴人,地质学家。曾任工商部地质研究所所长等职。1926年4月,孙传芳任命他为淞沪商埠总办;5月28日,他在上海各团体欢迎会上发表演说,其中有"鄙人为一书呆子,一大傻子,决不以做官而改变其面目"等语。(见1926年5月29日上海《新闻报》)

〔17〕 1926年6月19日,复旦通信社记者访问英国庚款委员会华方委员胡适,就英国退还庚款用途提出问题。记者问:"庚款用途已否决定?"胡答:"已经决定。"又问:"决定系作何项用途?"胡答:"此时不能宣布。"又问:"究竟于中国有无利益?"胡答:"以余个人之观察,甚觉满意。"等等。(见1926年6月20日北京《晨报》)

〔18〕 牛荣声 事迹不详。他在《现代评论》第三卷第七十八期(1926年6月5日)发表《"开倒车"》一文说:"今人说某人是'开倒车',某事是'开倒车',并不见得某人便真腐败,守旧,某事便真不合现代的潮流。也许是因为说话的人有了主观的偏见,也许是他太急进,也许是他的见解根本错误。即如现在急进派骂稳健派为'开倒车',照他们的主张,必须把知识阶级打倒,把一切社会制度根本推翻,方不是'开倒车'。"

〔19〕 孙传芳(1885—1935) 字馨远,山东历城人,北洋直系军阀。曾任浙江督军,1926年夏他盘踞苏浙等地时,曾下令禁止上海美术专门学校西洋画系用模特,并一再写信给该校校长刘海粟,以为模特有违中国的"衣冠礼教",必须严禁。如他在6月3日的一封信中说:"生人模型,东西洋固有此式,惟中国则素重礼教,四千年前,轩辕衣裳而

治，即以裸裎袒裼为鄙野。……模特儿止为西洋画之一端，是西洋画之范围必不以缺此一端而有所不足，……亦何必求全召毁，俾淫画淫剧易于附会。"（见1926年6月10日上海《新闻报》）刘海粟（1896—1994），字季芳，江苏武进人，美术家。1919年创办中国第一所美术学校上海图画美术院，实行男女同校，在教学中推行人体模特写生。

〔20〕 亚伯拉罕（Abraham） 犹太族的始祖，约当公元前2000年自迦勒底迁居迦南（见《旧约·创世记》）。这里所说黄帝即亚伯拉罕的考据，是日本佐佐木照山在一篇关于《穆天子传》的文章中所发的怪论。

〔21〕 《从小说看来的支那民族性》 1926年4月东京聚芳阁出版，是一本贬损中华民族的书。

〔22〕 Smith 斯密斯（1845—1932），通译阿瑟·亨·史密斯，中文名明恩溥，美国传教士，1872年（同治十一年）来华，居留五十余年。他所著的《中国人气质》一书，1894年由美国佛莱明公司在纽约出版，日本涩江保译本，1896年东京博文馆出版。

〔23〕 都介涅夫（И. С. Тургенев，1818—1883） 通译屠格涅夫，俄国作家。这里是指他的长篇小说《父与子》中的巴扎洛夫类型的人物。

〔24〕 品青 即王品青。参看本书第11页注〔12〕。

〔25〕 《问邱辨囿》 丛书名。清代顾嗣立辑，共收书十种。

〔26〕 "马厂誓师再造共和纪念" 1917年7月张勋扶持溥仪复辟，事前曾得到段祺瑞的默契。段祺瑞原想利用张勋来解散国会，推倒总统黎元洪；但复辟事起，全国人民一致反对，他便转而以拥护共和为名，于7月3日在天津西南面的马厂誓师，出兵讨伐张勋。张勋失败后，北洋政府曾规定这天为"马厂誓师再造共和纪念日"。

〔27〕 万牲园 清光绪末年，农商部在北京西直门外三贝子花园

原址建立农事试验场,内设动物园,俗称万牲园(亦作万生园),即今北京动物园的前身。

〔28〕 《现代评论》第三卷第七十一、七十二期(1926年4月17日、24日)刊载陈西滢所作《闲话》,列举他认为是"中国新出有价值的书"共十一种,其中举《玉君》为长篇小说的代表说:"要是没有杨振声先生的《玉君》,我们简直可以说没有长篇小说。"杨振声(1890—1956),山东蓬莱人,作家。《玉君》,现代社文艺丛书之一,1925年出版。

〔29〕 "八珍" 用八种烹调方法制成的食品。据《周礼·天官·膳夫》:"珍用八物。"东汉郑玄注:"珍,谓淳熬、淳母、炮、捣珍、渍、熬、糁、肝膋也。"

〔30〕 《酉阳杂俎》 段成式著,二十卷,续集十卷。内容多记秘书异事,为唐代笔记小说中最著名的一种;御赐菜帐见卷一《忠志》篇。段成式(约803—863),字柯古,齐州临淄(今属山东)人,唐代文学家。

〔31〕 《随园食单》 袁枚著,四卷。袁枚(1716—1798),字子才,浙江钱塘(今杭州)人,清代诗人。曾任江苏溧水、江浦、江宁等县知县,退职后购筑随园于江宁城西小仓山,故又号随园。

〔32〕 《饮馔正要》 应作《饮膳正要》,元代和斯辉著,三卷。和斯辉在元仁宗延祐间(1314—1320)曾任饮膳太医,该书记载饮膳卫生和育婴妊娠等知识。

〔33〕 《膳夫经手录》 唐代杨煜著,四卷。书成于唐宣宗大中十年(1056)。杨煜(《新唐书》作阳晔),曾任巢县县令。

〔34〕 威廉士(S. W. Williams,1812—1884) 美国传教士。1833年(道光十三年)来华传教,1856年后在美国驻华公使馆任职。《中国》一书出版于1848年,1883年修订再版。

〔35〕 "纣虽不善,不如是之甚也。" 语出《论语·子张》:(子贡

曰)"纣之不善,不如是之甚也。"纣,商代最后一个君主。

〔36〕"会稽竹箭"　语出《尔雅·释地》:"东南之美者,有会稽之竹箭焉。"

〔37〕肉苁蓉　一年生寄生草本植物,茎肉质,高尺余,形如短柱。李时珍《本草纲目》说:"此物补而不峻,故有从容之号,从容,和缓之貌。"

〔38〕《留东外史》　平江不肖生(向恺然)著。是一部描写清末我国留日学生生活的类似"黑幕小说"的作品。

〔39〕《嘉泰会稽志》　宋代施宿等撰,二十卷。宋宁宗嘉泰元年(1201)完成,故名。1926年夏绍兴周肇祥等据清嘉庆间采鞠轩刊本影印。施宿(？—1213),字武子,湖州长兴(今浙江吴兴)人,绍熙进士,曾任绍兴府通判。

〔40〕乔峰　周建人(1888—1984),字乔峰,鲁迅的三弟,生物学家。曾任商务印书馆编辑。译有达尔文《种的起源》、生物学论文选集《进化与退化》;著有《生物进化浅说》、《略讲关于鲁迅的事情》等。

〔41〕丛芜　韦丛芜(1905—1978),安徽霍丘人,未名社成员。布宁(И. А. Бунин,1870—1953),又译蒲宁,俄国小说家。十月革命后侨居国外,后死于巴黎。

〔42〕强汝询(1824—1894)　字莬叔,江苏溧阳人,清咸丰举人。著有《求益斋文集》。他在《佩雅堂书目小说类序》中说,做小说是"敝神劳思,取媚流俗,甘为识者所耻笑,甚矣其不自重也！……魏晋以来小说,传世既久,余家亦间有之,其辞或稍雅驯,姑列于目;而论其失,以为后戒焉。"参看《小说旧闻钞·禁黜》。

〔43〕关岳　指关羽和岳飞。旧时把他们作为忠义的化身,建立专祠奉祀。1914年袁世凯政府下令以关羽、岳飞合祀。以后,北洋政府也不断地祭祀关岳。

〔44〕 中央公园　今北京中山公园。原为明清皇家社稷坛,1914年辟为公园。

〔45〕 寿山　齐寿山(1881—1965),名宗颐,字寿山,河北高阳人,德国柏林大学毕业,曾任北洋政府教育部佥事、视学。

〔46〕 《小约翰》　长篇童话诗,荷兰望·蔼覃著。鲁迅译本收入《未名丛刊》,1928年1月出版。

马上日记之二[1]

七月七日

晴。

每日的阴晴,实在写得自己也有些不耐烦了,从此想不写。好在北京的天气,大概总是晴的时候多;如果是梅雨期内,那就上午晴,午后阴,下午大雨一阵,听到泥墙倒塌声。不写也罢,又好在我这日记,将来决不会有气象学家拿去做参考资料的。

上午访素园[2],谈谈闲天,他说俄国有名的文学者毕力涅克[3](Boris Piliniak)上月已经到过北京,现在是走了。

我单知道他曾到日本,却不知道他也到中国来。

这两年中,就我所听到的而言,有名的文学家来到中国的有四个。第一个自然是那最有名的泰戈尔即"竺震旦"[4],可惜被戴印度帽子的震旦人弄得一榻胡涂,终于莫名其妙而去;后来病倒在意大利,还电召震旦"诗哲"前往,然而也不知道"后事如何"。现在听说又有人要将甘地[5]扛到中国来了,这坚苦卓绝的伟人,只在印度能生,在英国治下的印度能活的伟人,又要在震旦印下他伟大的足迹。但当他精光的脚还未踏着华土时,恐怕乌云已在出岫了。

其次是西班牙的伊本纳兹[6](Blasco Ibáñez),中国倒也早有人介绍过;但他当欧战时,是高唱人类爱和世界主义的,从今年全国教育联合会的议案看来,他实在很不适宜于中国,当然谁也不理他,因为我们的教育家要提倡民族主义了[7]。

还有两个都是俄国人。一个是斯吉泰烈支[8](Skitalez),一个就是毕力涅克。两个都是假名字。斯吉泰烈支是流亡在外的。毕力涅克却是苏联的作家,但据他自传,从革命的第一年起,就为着买面包粉忙了一年多。以后,便做小说,还吸过鱼油,这种生活,在中国大概便是整日叫穷的文学家也未必梦想到。

他的名字,任国桢君辑译的《苏俄的文艺论战》[9]里是出现过的,作品的译本却一点也没有。日本有一本《伊凡和马理》(《Ivan and Maria》),格式很特别,单是这一点,在中国的眼睛——中庸的眼睛——里就看不惯。文法有些欧化,有些人尚且如同眼睛里著了玻璃粉,何况体式更奇于欧化。悄悄地自来自去,实在要算是造化的。

还有,在中国,姓名仅仅一见于《苏俄的文艺论战》里的里培进司基(U. Libedinsky),日本却也有他的小说译出了,名曰《一周间》[10]。他们的介绍之速而且多实在可骇。我们的武人以他们的武人为祖师,我们的文人却毫不学他们文人的榜样,这就可预卜中国将来一定比日本太平。

但据《伊凡和马理》的译者尾濑敬止[11]氏说,则作者的意思,是以为"频果的花,在旧院落中也开放,大地存在间,总是开放"的。那么,他还是不免于念旧。然而他眼见,身历了革命了,知道这里面有破坏,有流血,有矛盾,但也并非无创造,所以他决没有绝望之心。这正是革命时代的活着的人的心。诗人勃洛克[12](Alexander Block)也如此。他们自然是苏联的诗人,但若用了纯马克斯流的眼光来批评,当然也还是很有可议的处所。不过我觉得托罗兹基[13](Trotsky)的文艺批评,倒还不至于如此森严。

可惜我还没有看过他们最新的作者的作品《一周间》。

革命时代总要有许多文艺家萎黄,有许多文艺家向新的山崩地塌般的大波冲进去,乃仍被吞没,或者受伤。被吞没的消灭了;受伤的生活着,开拓着自己的生活,唱着苦痛和愉悦之歌。待到这些逝去了,于是现出一个较新的新时代,产出更新的文艺来。

中国自民元革命以来,所谓文艺家,没有萎黄的,也没有受伤的,自然更没有消灭,也没有苦痛和愉悦之歌。这就是因为没有新的山崩地塌般的大波,也就是因为没有革命。

七月八日

上午,往伊东医士寓去补牙,等在客厅里,有些无聊。四壁只挂着一幅织出的画和两副对,一副是江朝宗的,一副是王芝祥的。署名之下,各有两颗印,一颗是姓名,一颗是头衔;江的是"迪威将军",王的是"佛门弟子"。[14]

午后,密斯高来,适值毫无点心,只得将宝藏着的搽嘴角生疮有效的柿霜糖装在碟子里拿出去。我时常有点心,有客来便请他吃点心;最初是"密斯"和"密斯得"[15]一视同仁,但密斯得有时委实利害,往往吃得很彻底,一个不留,我自己倒反有"向隅"[16]之感。如果想吃,又须出去买来。于是很有戒心了,只得改变方针,有万不得已时,则以落花生代之。这一著很有效,总是吃得不多,既然吃不多,我便开始敦劝了,有时竟劝得怕吃落花生如织芳之流,至于因此逡巡逃走。从去年夏天发明了这一种花生政策以后,至今还在继续厉行。但密斯们却不在此限,她们的胃似乎比他们要小五分之四,或者消化力要弱到十分之八,很小的一个点心,也大抵要留下一半,倘是一片糖,就剩下一角。拿出来陈列片时,吃去一点,于我的损失是极微的,"何必改作"[17]?

密斯高是很少来的客人,有点难于执行花生政策。恰巧又没有别的点心,只好献出柿霜糖去了。这是远道携来的名糖,当然可以见得郑重。

我想,这糖不大普通,应该先说明来源和功用。但是,密斯高却已经一目了然了。她说:这是出在河南汜水县的;用柿霜做成。颜色最好是深黄;倘是淡黄,那便不是纯柿霜。这很凉,如果嘴角这些地方生疮的时候,便含着,使它渐渐从嘴角流出,疮就好了。

她比我耳食所得的知道得更清楚,我只好不作声,而且这时才记起她是河南人。请河南人吃几片柿霜糖,正如请我喝一小杯黄酒一样,真可谓"其愚不可及也"。

茭白的心里有黑点的,我们那里称为灰茭,虽是乡下人也不愿意吃,北京却用在大酒席上。卷心白菜在北京论斤论车地卖,一到南边,便根上系着绳,倒挂在水果铺子的门前了,买时论两,或者半株,用处是放在阔气的火锅中,或者给鱼翅垫底。但假如有谁在北京特地请我吃灰菜,或北京人到南边时请他吃煮白菜,则即使不至于称为"笨伯",也未免有些乖张罢。

但密斯高居然吃了一片,也许是聊以敷衍主人的面子的。到晚上我空口坐着,想:这应该请河南以外的别省人吃的,一面想,一面吃,不料这样就吃完了。

凡物总是以希为贵。假如在欧美留学,毕业论文最好是讲李太白,杨朱[18],张三;研究萧伯讷,威尔士[19]就不大妥当,何况但丁[20]之类。《但丁传》的作者跋忒莱尔[21](A. J. Butler)就说关于但丁的文献实在看不完。待到回了中国,可就可以讲讲萧伯讷,威尔士,甚而至于莎士比亚了。[22]何年何月自己曾在曼殊斐儿[23]墓前痛哭,何月何日何时曾在何处和法兰斯点头,他还拍着自己的肩头说道:你将来要有些像我的!至于"四书""五经"之类,在本地似乎究以少谈为是。虽然夹些"流言"在内,也未必便于"学理和事实"有妨。

* * *

〔1〕 本篇最初连续发表于1926年7月19日、23日《世界日报副刊》。

〔2〕 素园 韦素园(1902—1932),安徽霍丘人,未名社成员。北京大学毕业。译有果戈理小说《外套》、俄国短篇小说集《最后的光芒》、北欧诗歌小品集《黄花集》等。参看《且介亭杂文·忆韦素园君》。

〔3〕 毕力涅克(Б. А. Пильняк,1894—1937) 又译皮涅克,俄国十月革命后的"同路人"作家。1926年夏曾来中国,在北京、上海等地

作短期游历。

〔4〕 泰戈尔（R. Tagore，1861—1941） 印度诗人。1924年4月间曾来我国访问。"竺震旦"是他在中国度六十四岁生日时梁启超给他起的中国名字。我国古代称印度为天竺，简称竺国；那时印度一带僧人初入中国，多用"竺"字冠其名。震旦是古代印度人对中国的称呼。

〔5〕 甘地（M. Gandhi，1869—1948） 印度民族独立运动领袖。他主张"非暴力抵抗"，长期倡导对英国殖民当局"不合作"运动，屡被监禁，在狱中以绝食作为斗争的手段。

〔6〕 伊本纳兹（V. Blasco-Ibáñez，1867—1928） 通译伊巴涅兹，西班牙作家、共和党的领导人。因为反对王党，曾两次被西班牙政府监禁。1923年又被放逐，侨居法国。主要作品有小说《农舍》、《启示录的四骑士》等。1924年春曾随美国一个世界游历团来我国游历。

〔7〕 据上海《教育杂志》第十七卷第十二号（1925年12月20日）和第十八卷第一号（1926年1月20日）记载，第十一届全国省教育会联合会于1925年10月在湖南长沙召开。会上通过"今后教育宜注意民族主义案"，其办法是："（一）历史教科书，应多采取吾国民族光荣历史，及说明今日民族衰弱之原因。（二）公民教育应以民族自决为对外唯一目的。（三）社会教育，宜对于一般平民提倡民族主义，以养成独立自主之公民。（四）儿童教育多采用国耻图画国耻故事，以引起其爱国家爱种族之观念。"

〔8〕 斯吉泰烈支（С. Г. Скиталед，1868—1941） 俄国小说家。十月革命时逃亡国外，1930年回国。著有《契尔诺夫一家》等。

〔9〕 任国桢（1898—1931） 字子卿，辽宁安东（今丹东）人，北京大学俄文专修科毕业。《苏俄的文艺论战》，是他选译当时苏俄杂志中的不同派别的四篇文艺论文编辑而成；为鲁迅主编的《未名丛刊》之一，1925年8月北京北新书局出版。

〔10〕里培进司基(Ю. Н. Либединский,1898—1959) 通译李别进斯基,苏联作家。《一周间》,中篇小说,描写苏联克服内战以后的经济困难和白匪骚乱的故事。

〔11〕尾濑敬止(1889—1952) 日本翻译家。曾任东京《朝日新闻》和《俄罗斯新闻》的记者,生平致力于介绍、翻译俄国文学。

〔12〕勃洛克(А. А. Блок,1880—1921) 苏联诗人。早期为俄国象征派诗人;后受1905年革命影响,开始接触现实,十月革命时倾向革命。著有《俄罗斯颂》、《十二个》等。

〔13〕托罗兹基(Л. Д. Троцкий,1879—1940) 通译托洛茨基,早年参加俄国工人运动,参与领导十月革命,曾任革命军事委员会主席等职。列宁逝世后他成为联共(布)党内反对派的领袖,1927年被开除出党,1929年被驱逐出国,1940年被刺于墨西哥。

〔14〕江朝宗(1863—1943) 字宇澄,安徽旌德人。清末候补道员,曾任汉中总兵。1917年任京津临时警备副司令,支持张勋复辟,失败后在同年8月11日得北洋政府授以"迪威将军"的头衔。王芝祥(1858—1934),字铁珊,直隶通县(今属北京)人。清末任广西按察使等职,1924年任北洋政府侨务总裁,曾用佛教慈善团体名义组织世界红卍字会,自任会长。

〔15〕"密斯" 英语Miss的音译,意为小姐。"密斯得",英语Mister的音译,意为先生。

〔16〕"向隅" 见汉代刘向《说苑·贵德》:"古人于天下,譬一堂之上;今有满堂饮酒者,有一人独索然向隅而泣,则一堂之人皆不乐矣。"后来用以比喻得不到平等的待遇。

〔17〕"何必改作" 语出《论语·先进》:"仍旧贯,如之何?何必改作?"

〔18〕李太白(701—762) 名白,字太白,祖籍陇西成纪(今甘肃

秦安),后迁居绵州昌隆(今四川江油),唐代诗人。杨朱,战国时魏国人,思想家。

〔19〕 威尔士(H. G. Wells,1866—1946) 通译威尔斯,英国著作家。著有《世界史纲》和科学幻想小说《时间机器》、《隐身人》等。

〔20〕 但丁(Dante Alighieri,1265—1321) 意大利诗人,主要作品有《神曲》等。

〔21〕 跋忒莱尔(1844—1910) 英国作家,但丁的研究者。著有《但丁及其时代》等。曾译《神曲》为英文,并加注释。

〔22〕 陈西滢在《现代评论》第一卷第十八期(1925年4月11日)《中山先生大殡给我的感想》一文中,说他和章士钊于1921年夏曾在英国访问威尔士和萧伯纳;章士钊在《甲寅》周刊第一卷第二号(1925年7月25日)《孤桐杂记》中,又将陈西滢的这一段文字改写为文言。此外,陈西滢在其他文章中还常谈到威尔士、萧伯纳和莎士比亚等。

〔23〕 曼殊斐儿(K. Mansfield,1888—1923) 通译曼斯菲尔德,英国女作家,著有小说《幸福》、《鸽巢》等。徐志摩翻译过她的作品。他在《自剖集·欧游漫录》中说:"我这次到欧洲来倒像是专做清明来的;我不仅上知名的或与我有关系的坟,……在枫丹薄罗上曼殊斐儿的坟……"又陈西滢曾在《现代评论》上一再谈到法朗士,徐志摩也"夸奖"他学法朗士的文章已经"有根"了。

记"发薪"[1]

下午,在中央公园里和 C 君做点小工作[2],突然得到一位好意的老同事的警报,说,部里今天发给薪水了,计三成;但必须本人亲身去领,而且须在三天以内。

否则?

否则怎样,他却没有说。但这是"洞若观火"的,否则,就不给。

只要有银钱在手里经过,即使并非檀越[3]的布施,人是也总爱逞逞威风的,要不然,他们也许要觉到自己的无聊,渺小。明明有物品去抵押,当铺却用这样的势利脸和高柜台;明明用银元去换铜元,钱摊却帖着"收买现洋"的纸条,隐然以"买主"自命。钱票当然应该可以到负责的地方去换现钱,而有时却规定了极短的时间,还要领签,排班,等候,受气;军警督压着,手里还有国粹的皮鞭。

不听话么?不但不得钱,而且要打了!

我曾经说过,中华民国的官,都是平民出身,并非特别种族。虽然高尚的文人学士或新闻记者们将他们看作异类,以为比自己格外奇怪,可鄙可嗤;然而从我这几年的经验看来,却委实不很特别,一切脾气,却与普通的同胞差不多,所以一到经手银钱的时候,也还是照例有一点借此威风一下的嗜好。

"亲领"问题的历史,是起源颇古的,中华民国十一年,就因此引起过方玄绰[4]的牢骚,我便将这写了一篇《端午节》。但历史虽说如同螺旋,却究竟并非印板,所以今之与昔,也还是小有不同。在昔盛世,主张"亲领"的是"索薪会"——呜呼,这些专门名词,恕我不暇一一解释了,而且纸张也可惜。——的骁将,昼夜奔走,向国务院呼号,向财政部坐讨,一旦到手,对于没有一同去索的人的无功受禄,心有不甘,用此给吃一点小苦头的。其意若曰,这钱是我们讨来的,就同我们的一样;你要,必得到这里来领布施。你看施衣施粥,有施主亲自送到受惠者的家里去的么?

然而那是盛世的事。现在是无论怎么"索",早已一文也不给了,如果偶然"发薪",那是意外的上头的嘉惠,和什么"索"丝毫无关。不过临时发布"亲领"命令的施主却还有,只是已非善于索薪的骁将,而是天天"画到",未曾另谋生活的"不贰之臣"了。所以,先前的"亲领"是对于没有同去索薪的人们的罚,现在的"亲领"是对于不能空着肚子,天天到部的人们的罚。

但这不过是一个大意,此外的事,倘非身临其境,实在有些说不清。譬如一碗酸辣汤,耳闻口讲的,总不如亲自呷一口的明白。近来有几个心怀叵测的名人间接忠告我,说我去年作文,专和几个人闹意见,不再论及文学艺术,天下国家,是可惜的。殊不知我近来倒是明白了,身历其境的小事,尚且参不透,说不清,更何况那些高尚伟大,不甚了然的事业?我现在只能说说较为切己的私事,至于冠冕堂皇如所谓"公理"之类,就让公理专家去消遣罢。

总之,我以为现在的"亲领"主张家,已颇不如先前了,这就是"孤桐先生"之所谓"每况愈下"。而且便是空牢骚如方玄绰者,似乎也已经很寥寥了。

"去!"我一得警报,便走出公园,跳上车,径奔衙门去。

一进门,巡警就给我一个立正举手的敬礼,可见做官要做得较大,虽然阔别多日,他们也还是认识的。到里面,不见什么人,因为办公时间已经改在上午,大概都已亲领了回家了。觅得一位听差,问明了"亲领"的规则,是先到会计科去取得条子,然后拿了这条子,到花厅里去领钱。

就到会计科,一个部员看了一看我的脸,便翻出条子来。我知道他是老部员,熟识同人,负着"验明正身"的重大责任的;接过条子之后,我便特别多点了两个头,以表示告别和感谢之至意。

其次是花厅了,先经过一个边门,只见上帖纸条道:"丙组",又有一行小注是"不满百元"。我看自己的条子上,写的是九十九元,心里想,这真是"人生不满百,常怀千岁忧[5]。……"同时便直撞进去。看见一个和我差不多大的官,说道这"不满百元"是指全俸而言,我的并不在这里,是在里间。

就到里间,那里有两张大桌子,桌旁坐着几个人,一个熟识的老同事就招呼我了;拿出条子去,签了名,换得钱票,总算一帆风顺。这组的旁边还坐着一位很胖的官,大概是监督者,因为他敢于解开了官纱——也许是纺绸,我不大认识这些东西。——小衫,露着胖得拥成折叠的胸肚,使汗珠雍容地越过了折叠往下流。

这时我无端有些感慨,心里想,大家现在都说"灾官""灾官",殊不知"心广体胖"的还不在少呢。便是两三年前教员正嚷索薪的时候,学校的教员豫备室里也还有人因为吃得太饱了,咳的一声,胃中的气体从嘴里反叛出来。

走出外间,那一位和我差不多大的官还在,便拉住他发牢骚。

"你们怎么又闹这些玩艺儿了?"我说。

"这是他的意思……。"他和气地回答,而且笑嘻嘻的。

"生病的怎么办呢?放在门板上抬来么?"

"他说:这些都另法办理……。"

我是一听便了然的,只是在"门——衙门之门——外汉"怕不易懂,最好是再加上一点注解。这所谓"他"者,是指总长或次长而言。此时虽然似乎所指颇蒙胧,但再掘下去,便可以得到指实,但如果再掘下去,也许又要更蒙胧。总而言之,薪水既经到手,这些事便应该"适可而止,毋贪心也"的,否则,怕难免有些危机。即如我的说了这些话,其实就已经不大妥。

于是我退出花厅,却又遇见几个旧同事,闲谈了一回。知道还有"戊组",是发给已经死了的人的薪水的,这一组大概无须"亲领"。又知道这一回提出"亲领"律者,不但"他",也有"他们"在内。所谓"他们"者,粗粗一听,很像"索薪会"的头领们,但其实也不然,因为衙门里早就没有什么"索薪会",

所以这一回当然是别一批新人物了。

我们这回"亲领"的薪水,是中华民国十三年二月份的。因此,事前就有了两种学说。一,即作为十三年二月的薪水发给。然而还有新来的和新近加俸的呢,可就不免有向隅之感。于是第二种新学说自然起来:不管先前,只作为本年六月份的薪水发给。不过这学说也不大妥,只是"不管先前"这一句,就很有些疵病。

这个办法,先前也早有人苦心经营过。去年章士钊将我免职之后,自以为在地位上已经给了一个打击,连有些文人学士们也喜得手舞足蹈。然而他们究竟是聪明人,看过"满床满桌满地"的德文书的,即刻又悟到我单是抛了官,还不至于一败涂地,因为我还可以得欠薪,在北京生活。于是他们的司长刘百昭便在部务会议席上提出,要不发欠薪,何月领来,便作为何月的薪水。这办法如果实行,我的受打击是颇大的,因为就受着经济的迫压。然而终于也没有通过。那致命伤,就在"不管先前"上;而刘百昭们又不肯自称革命党,主张不管什么,都从新来一回。

所以现在每一领到政费,所发的也还是先前的钱;即使有人今年不在北京了,十三年二月间却在,实在也有些难于说是现今不在,连那时的曾经在此也不算了。但是,既然又有新的学说起来,总得采纳一点,这采纳一点,也就是调和一些。因此,我们这回的收条上,年月是十三年二月的,钱的数目是十五年六月的。

这么一来,既然并非"不管先前",而新近升官或加俸的又可以多得一点钱,可谓比较的周到。于我是无益也无损,只要还在北京,拿得出"正身"来。

翻开我的简单日记一查,我今年已经收了四回俸钱了:第一次三元;第二次六元;第三次八十二元五角,即二成五,端午节的夜里收到的;第四次三成,九十九元,就是这一次。再算欠我的薪水,是大约还有九千二百四十元,七月份还不算。

我觉得已是一个精神上的财主;只可惜这"精神文明"是不很可靠的,刘百昭就来动摇过。将来遇见善于理财的人,怕还要设立一个"欠薪整理会",里面坐着几个人物,外面挂着一块招牌,使凡有欠薪的人们都到那里去接洽。几天或几月之后,人不见了,接着连招牌也不见了;于是精神上的财主就变了物质上的穷人了。

但现在却还的确收了九十九元,对于生活又较为放心,趁闲空来发一点议论再说。

七月二十一日。

*　　*　　*

〔1〕 本篇最初发表于1926年8月10日《莽原》半月刊第十五期。

〔2〕 C君　即齐寿山。"做点小工作",指翻译《小约翰》,参看本书《马上支日记》"七月六日"一节。

〔3〕 檀越　佛家语,梵文 Dānapati 的意译,又译作施主,指向寺院施舍财物的世俗信徒。

〔4〕 方玄绰　作者1922年所作短篇小说《端午节》(后收入《呐

喊》)中的主要人物。

〔5〕 "人生不满百,常怀千岁忧" 语出《文选·古诗十九首》:"生年不满百,常怀千岁忧。"

记　谈　话[1]

鲁迅先生快到厦门去了，虽然他自己说或者因天气之故而不能在那里久住，但至少总有半年或一年不在北京，这实在是我们认为很使人留恋的一件事。八月二十二日，女子师范大学学生会举行毁校周年纪念，鲁迅先生到会，曾有一番演说，我恐怕这是他此次在京最后的一回公开讲演，因此把它记下来，表示我一点微弱的纪念的意思。人们一提到鲁迅先生，或者不免觉得他稍微有一点过于冷静，过于默视的样子，而其实他是无时不充满着热烈的希望，发挥着丰富的感情的。在这一次谈话里，尤其可以显明地看出他的主张；那么，我把他这一次的谈话记下，作为他出京的纪念，也许不是完全没有重大的意义罢。我自己，为免得老实人费心起见，应该声明一下：那天的会，我是以一个小小的办事员的资格参加的。

（培良）[2]

我昨晚上在校《工人绥惠略夫》[3]，想要另印一回，睡得太迟了，到现在还没有很醒；正在校的时候，忽然想到一些事情，弄得脑子里很混乱，一直到现在还是很混乱，所以今天恐怕不能有什么多的话可说。

提到我翻译《工人绥惠略夫》的历史,倒有点有趣。十二年前,欧洲大混战开始了,后来我们中国也参加战事,就是所谓"对德宣战";派了许多工人到欧洲去帮忙;以后就打胜了,就是所谓"公理战胜"。中国自然也要分得战利品,——有一种是在上海的德国商人的俱乐部里的德文书,总数很不少,文学居多,都搬来放在午门的门楼上。教育部得到这些书,便要整理一下,分类一下,——其实是他们本来分类好了的,然而有些人以为分得不好,所以要从新分一下。——当时派了许多人,我也是其中的一个。后来,总长要看看那些书是什么书了。怎样看法呢?叫我们用中文将书名译出来,有义译义,无义译音,该撒呀,克来阿派忒拉呀,大马色[4]呀……。每人每月有十块钱的车费,我也拿了百来块钱,因为那时还有一点所谓行政费。这样的几里古鲁了一年多,花了几千块钱,对德和约[5]成立了,后来德国来取还,便仍由点收的我们全盘交付,——也许少了几本罢。至于"克来阿派忒拉"之类,总长看了没有,我可不得而知了。

据我所知道的说,"对德宣战"的结果,在中国有一座中央公园里的"公理战胜"的牌坊,在我就只有一篇这《工人绥惠略夫》的译本,因为那底本,就是从那时整理着的德文书里挑出来的。

那一堆书里文学书多得很,为什么那时偏要挑中这一篇呢?那意思,我现在有点记不真切了。大概,觉得民国以前,以后,我们也有许多改革者,境遇和绥惠略夫很相像,所以借借他人的酒杯罢。然而昨晚上一看,岂但那时,譬如其中的改革者的被迫,代表的吃苦,便是现在,——便是将来,便是几十年以后,我想,还要有许多改革者的境遇和他相像的。所以我打算将它重印一下……。

《工人绥惠略夫》的作者阿尔志跋绥夫是俄国人。现在一提到俄国,似乎就使人心惊胆战。但是,这是大可以不必的,阿尔志跋绥夫并非共产党,他的作品现在在苏俄也并不受人欢迎。听说他已经瞎了眼睛,很在吃苦,那当然更不会送我一个卢布……。总而言之:和苏俄是毫不相干。但奇怪的是有许多事情竟和中国很相像,譬如,改革者,代表者的受苦,不消说了;便是教人要安本分的老婆子,也正如我们的文人学士一般。有一个教员因为不受上司的辱骂而被革职了,她背地里责备他,说他"高傲"得可恶,"你看,我以前被我的主人打过两个嘴巴,可是我一句话都不说,忍耐着。究竟后来他们知道我冤枉了,就亲手赏了我一百卢布。"[6]自然,我们的文人学士措辞决不至于如此拙直,文字也还要华赡得多。

然而绥惠略夫临末的思想却太可怕。他先是为社会做事,社会倒迫害他,甚至于要杀害他,他于是一变而为向社会复仇了,一切是仇仇,一切都破坏。中国这样破坏一切的人还不见有,大约也不会有的,我也并不希望其有。但中国向来有别一种破坏的人,所以我们不去破坏的,便常常受破坏。我们一面被破坏,一面修缮着,辛辛苦苦地再过下去。所以我们的生活,便成了一面受破坏,一面修补,一面受破坏,一面修补的生活了。这个学校,也就是受了杨荫榆章士钊们的破坏之后,修补修补,整理整理,再过下去的。

俄国老婆子式的文人学士也许说,这是"高傲"得可恶了,该得惩罚。这话自然很像不错的,但也不尽然。我的家里还住着一个乡下人,因为战事,她的家没有了,只好逃进城里来。她实在并不"高傲",也没有反对过杨荫榆,然而她的家没有了,受了破坏。战事一完,她一定要回去的,即使屋子破了,器具抛了,田地荒了,她也还要活下去。她大概只好搜集一点剩下的东西,修补修补,整理整理,再来活下去。

中国的文明,就是这样破坏了又修补,破坏了又修补的疲乏伤残可怜的东西。但是很有人夸耀它,甚至于连破坏者也夸耀它。便是破坏本校的人,假如你派他到万国妇女的什么会里去,请他叙述中国女学的情形,他一定说,我们中国有一个国立北京女子师范大学在。

这真是万分可惜的事,我们中国人对于不是自己的东西,或者将不为自己所有的东西,总要破坏了才快活的。杨荫榆知道要做不成这校长,便文事用文士的"流言",武功用三河的老妈,总非将一班"毛鸦头"[7]赶尽杀绝不可。先前我看见记载上说的张献忠[8]屠戮川民的事,我总想不通他是什么意思;后来看到别一本书,这才明白了:他原是想做皇帝的,但是李自成[9]先进北京,做了皇帝了,他便要破坏李自成的帝位。怎样破坏法呢?做皇帝必须有百姓;他杀尽了百姓,皇帝也就谁都做不成了。既无百姓,便无所谓皇帝,于是只剩了一个李自成,在白地上出丑,宛如学校解散后的校长一般。这虽然是一个可笑的极端的例,但有这一类的思想的,实在并不止张献忠一个人。

我们总是中国人,我们总要遇见中国事,但我们不是中国式的破坏者,所以我们是过着受破坏了又修补,受破坏了又修补的生活。我们的许多寿命白费了。我们所可以自慰的,想来想去,也还是所谓对于将来的希望。希望是附丽于存在的,有存在,便有希望,有希望,便是光明。如果历史家的话不是诳话,则世界上的事物可还没有因为黑暗而长存的先例。黑暗只能附丽于渐就灭亡的事物,一灭亡,黑暗也就一同灭亡了,它不永久。然而将来是永远要有的,并且总要光明起来;只要不做黑暗的附着物,为光明而灭亡,则我们一定有悠久的将来,而且一定是光明的将来。

我赴这会的后四日,就出北京了。在上海看见日报,知道女师大已改为女子学院的师范部,教育总长任可澄[10]自做院长,师范部的学长是林素园[11]。后来看见北京九月五日的晚报,有一条道:"今日下午一时半,任可澄特同林氏,并率有警察厅保安队及军督察处兵士共四十左右,驰赴女师大,武装接收。……"原来刚一周年,又看见用兵了。不知明年这日,还是带兵的开得校纪念呢,还是被兵的开毁校纪念?现在姑且将培良君的这一篇转录在这里,先作一个本年的纪念罢。

一九二六年十月十四日,鲁迅附记。

*　　*　　*

〔1〕 本篇最初发表于1926年8月28日《语丝》周刊第九十四期。原题《记鲁迅先生的谈话》,署名培良。

〔2〕 培良 向培良(1905—1959),湖南黔阳人,狂飙社主要成员。当时常为《莽原》周刊写稿,后在南京主编《青春月刊》,主张"人类底艺术",提倡"民族主义文学"。

〔3〕 《工人绥惠略夫》 俄国阿尔志跋绥夫(М. П. Арцыбашев,1878—1927)著中篇小说,鲁迅译本于1922年5月由上海商务印书馆出版;以后又于1927年6月由上海北新书局出版。

〔4〕 该撒(G. J. Caesar,前100—前44) 通译恺撒,古罗马统帅、政治家。克来阿派忒拉(Cleopatra,前69—前30),通译克利奥佩特拉,埃及女王。大马色(Damascus),通译大马士革,世界最古老的城市之一,现为叙利亚的首都。

〔5〕 对德和约 指1921年5月20日在北京签订的《中德协约》。其中规定德国放弃以前在山东攫取的特权,双方声明保护在各自管辖下的对方财产,并决定重建外交关系,互派公使。

〔6〕 这段话见于《工人绥惠略夫》第六章。

〔7〕 "毛鸦头" 即毛丫头,吴稚晖等对女师大学生的蔑称。吴稚晖在1925年8月24日《京报》关于女师大问题的《答大同晚报》中说:"言止于此。我不愿在这国家存亡即在呼吸的时候,经天纬地,止经纬到几个毛丫头身上去也。"陈西滢在8月29日《现代评论》第三十八期的《闲话》中也说:章士钊"险些弄不过二三十个'毛丫头'"。

〔8〕 张献忠(1606—1646) 延安柳树涧(今陕西定边东)人,明末农民起义领袖。崇祯三年(1630)起义,转战陕、豫各地;崇祯十七年(1644)入川,在成都建立大西国;清顺治三年(1646)出川,行至川北盐亭界,猝遇清兵,于凤凰坡中箭坠马而死。旧史书(包括野史和杂记)中多有关于他杀人的记载。

〔9〕 李自成(1606—1645) 陕西米脂人,明末农民起义领袖。明崇祯二年(1629)起义,后被推为闯王。明崇祯十七年(1644)一月在

西安建立大顺国,三月攻入北京。后明将吴三桂引清兵入关,李兵败退出北京,次年在湖北通山县九宫山遭伏击遇害。

〔10〕 任可澄(1877—1946) 字志清,贵州普定(今安顺)人。1926年6月任北洋政府教育总长;8月末,他将女师大与女大合并为北京女子学院,自兼院长。

〔11〕 林素园 福建人,1926年8月女师大被改为北京女子学院师范部时出任学长,同年9月5日率军警武装接收北京女师大。

上 海 通 信[1]

小峰兄：

别后之次日，我便上车，当晚到天津。途中什么事也没有，不过刚出天津车站，却有一个穿制服的，大概是税吏之流罢，突然将我的提篮拉住，问道"什么？"我刚答说"零用什物"时，他已经将篮摇了两摇，扬长而去了。幸而我的篮里并无人参汤榨菜汤或玻璃器皿，所以毫无损失，请勿念。

从天津向浦口，我坐的是特别快车，所以并不嚣杂，但挤是挤的。我从七年前护送家眷到北京[2]以后，便没有坐过这车；现在似乎男女分坐了，间壁的一室中本是一男三女的一家，这回却将男的逐出，另外请进一个女的去。将近浦口，又发生一点小风潮，因为那四口的一家给茶房的茶资太少了，一个长壮伟大的茶房便到我们这里来演说，"使之闻之"[3]。其略曰:钱是自然要的。一个人不为钱为什么？然而自己只做茶房图几文茶资，是因为良心还在中间，没有到这边（指腋下介）去！自己也还能卖掉田地去买枪，招集了土匪，做个头目；好好地一玩，就可以升官，发财了。然而良心还在这里（指胸骨介），所以甘心做茶房，赚点小钱，给儿女念念书，将来好好过活。……但，如果太给自己下不去了，什么不是人做的事要做也会做出来！我们一堆共有六个人，谁也没有反驳他。听说后来是添了一块钱完事。

我并不想步勇敢的文人学士们的后尘,在北京出版的周刊上斥骂孙传芳大帅。不过一到下关,记起这是投壶[4]的礼义之邦的事来,总不免有些滑稽之感。在我的眼睛里,下关也还是七年前的下关,无非那时是大风雨,这回却是晴天。赶不上特别快车了,只好趁夜车,便在客寓里暂息。挑夫(即本地之所谓"夫子")和茶房还是照旧地老实;板鸭,插烧,油鸡等类,也依然价廉物美。喝了二两高粱酒,也比北京的好。这当然只是"我以为";但也并非毫无理由:就因为它有一点生的高粱气味,喝后合上眼,就如身在雨后的田野里一般。

正在田野里的时候,茶房来说有人要我出去说话了。出去看时,是几个人和三四个兵背着枪,究竟几个,我没有细数;总之是一大群。其中的一个说要看我的行李。问他先看那一个呢?他指定了一个麻布套的皮箱。给他解了绳,开了锁,揭开盖,他才蹲下去在衣服中间摸索。摸索了一会,似乎便灰心了,站起来将手一摆,一群兵便都"向后转",往外走出去了。那指挥的临走时还对我点点头,非常客气。我和现任的"有枪阶级"接洽,民国以来这是第一回。我觉得他们倒并不坏;假使他们也如自称"无枪阶级"[5]的善造"流言",我就要连路也不能走。

向上海的夜车是十一点钟开的,客很少,大可以躺下睡觉,可惜椅子太短,身子必须弯起来。这车里的茶是好极了,装在玻璃杯里,色香味都好,也许因为我喝了多年井水茶,所以容易大惊小怪了罢,然而大概确是很好的。因此一共喝了两杯,看看窗外的夜的江南,几乎没有睡觉。

在这车上,才遇见满口英语的学生,才听到"无线电""海底电"这类话。也在这车上,才看见弱不胜衣的少爷,绸衫尖头鞋,口嗑南瓜子,手里是一张《消闲录》[6]之类的小报,而且永远看不完。这一类人似乎江浙特别多,恐怕投壶的日子正长久哩。

现在是住在上海的客寓里了;急于想走。走了几天,走得高兴起来了,很想总是走来走去。先前听说欧洲有一种民族,叫作"吉柏希"[7]的,乐于迁徙,不肯安居,私心窃以为他们脾气太古怪,现在才知道他们自有他们的道理,倒是我胡涂。

这里在下雨,不算很热了。

鲁迅。八月三十日,上海。

* * *

〔1〕 本篇最初发表于1926年10月2日《语丝》周刊第九十九期。

〔2〕 1919年12月,鲁迅回绍兴接母亲等家眷到北京,同住八道湾。

〔3〕 "使之闻之" 语出《论语·阳货》:"孺悲欲见孔子,孔子辞以疾。将命者出户,取瑟而歌,使之闻之。"

〔4〕 投壶 古代宴会时的一种娱乐。宾主依次投矢壶中,负者饮酒。《礼记·投壶》孔颖达注引郑玄的话,以为投壶是"主人与客燕饮讲论才艺之礼。"孙传芳盘踞东南五省时,曾于1926年8月6日在南京举行过这种古礼。

〔5〕 "无枪阶级" 涵庐(高一涵)在《现代评论》第四卷第八十

九期(1926年8月21日)的《闲话》中说:"我二十四分的希望一般文人收起互骂的法宝,做我们应该做的和值得做的事业。万一骂溜了嘴,不能收束,正可以同那实在不敢骂的人们,斗斗法宝,就是到天桥走走,似乎也还值得些!否则既不敢到天桥去,又不肯不骂人,所以专将法宝在无枪阶级的头上乱祭,那末,骂人诚然是骂人,却是高傲也难乎其为高傲罢。"按天桥附近,是当时北京的刑场。

〔6〕 《消闲录》 上海出版的一种小报。1897年(清光绪二十三年)11月创刊,原名《消闲报》,1903年改为《消闲录》。

〔7〕 吉柏希(Gypsy) 通译吉卜赛。原居住印度北部的一个民族,十世纪时开始向外迁移,流浪在欧洲、西亚、北非等地,大多靠占卜、歌舞等为生。

这半年我又看见了许多血和许多泪,
然而我只有杂感而已。

泪揩了,血消了;
屠伯们逍遥复逍遥,
用钢刀的,用软刀[1]的。
然而我只有"杂感"而已。

连"杂感"也被"放进了应该去的地方"[2]时,
我于是只有"而已"而已!

十月十四夜,校讫记。

* * *

〔1〕 软刀 语出明朝遗民贾凫西所作的《木皮散人鼓词》:"几年家软刀子割头不觉死,只等得太白旗悬才知道命有差。"这里借用"软刀子"来比喻现代评论派的言论。

〔2〕 这是陈西滢在《致志摩》(1926年1月30日《晨报副刊》)中攻击鲁迅的话,参看本书《无花的蔷薇》第八节。

华盖集续编的续编

在厦门岛的四个月,只做了几篇无聊文字,除去最无聊者,还剩六篇,称为《华盖集续编的续编》,总算一年中所作的杂感全有了。

一九二七年一月八日,鲁迅记。

厦 门 通 信[1]

H.M.[2]兄：

 我到此快要一个月了,懒在一所三层楼上,对于各处都不大写信。这楼就在海边,日夜被海风呼呼地吹着。海滨很有些贝壳,检了几回,也没有什么特别的。四围的人家不多,我所知道的最近的店铺,只有一家,卖点罐头食物和糕饼,掌柜的是一个女人,看年纪大概可以比我长一辈。

 风景一看倒不坏,有山有水。我初到时,一个同事便告诉我:山光海气,是春秋早暮都不同。还指给我石头看:这块像老虎,那块像癞虾蟆,那一块又像什么什么……。我忘记了,其实也不大相像。我对于自然美,自恨并无敏感,所以即使恭逢良辰美景,也不甚感动。但好几天,却忘不掉郑成功[3]的遗迹。离我的住所不远就有一道城墙,据说便是他筑的。一想到除了台湾,这厦门乃是满人入关以后我们中国的最后亡的地方,委实觉得可悲可喜。台湾是直到一六八三年,即所谓"圣祖仁皇帝"二十二年才亡的,这一年,那"仁皇帝"们便修补"十三经"和"二十一史"的刻板[4]。现在呢,有些国民巴不得读经;殿板"二十一史"也变成了宝贝,古董藏书家不惜重资,购藏于家,以贻子孙云。然而郑成功的城却很寂寞,听说城脚的沙,还被人盗运去卖给对面鼓浪屿的谁,快要危及城基了。[5]有一天我清早望见许多小船,吃水很重,都张着帆驶向鼓浪屿去,大约便是那卖沙的同胞。

周围很静;近处买不到一种北京或上海的新的出版物,所以有时也觉得枯寂一些,但也看不见灰烟瘴气的《现代评论》。这不知是怎的,有那么许多正人君子,文人学者执笔,竟还不大风行。

这几天我想编我今年的杂感了。自从我写了这些东西,尤其是关于陈源的东西以后,就很有几个自称"中立"的君子给我忠告,说你再写下去,就要无聊了。我却并非因为忠告,只因环境的变迁,近来竟没有什么杂感,连结集旧作的事也忘却了。前几天的夜里,忽然听到梅兰芳[6]"艺员"的歌声,自然是留在留声机里的,像粗糙而钝的针尖一般,刺得我耳膜很不舒服。于是我就想到我的杂感,大约也刺得佩服梅"艺员"的正人君子们不大舒服罢,所以要我不再做。然而我的杂感是印在纸上的,不会振动空气,不愿见,不翻他开来就完了,何必冒充了中立来哄骗我。我愿意我的东西躺在小摊上,被愿看的买去,却不愿意受正人君子赏识。世上爱牡丹的或者是最多,但也有喜欢曼陀罗[7]花或无名小草的,朋其还将霸王鞭种在茶壶里当盆景哩[8]。不过看看旧稿,很有些太不清楚了,你可以给我抄一点么?

此时又在发风,几乎日日这样,好像北京,可是其中很少灰土。我有时也偶然去散步,在丛葬中,这是 Borel[9] 讲厦门的书上早就说过的:中国全国就是一个大墓场。墓碑文很多不通:有写先妣某而没有儿子的姓名的;有头上横写着地名的;还有刻着"敬惜字纸"四字的,不知道叫谁敬惜字纸。这些不通,就因为读了书之故。假如问一个不识字的人,坟里的人是谁,他道父亲;再问他什么名字,他说张二;再问他自己叫什么,他说张三。照直写下来,那就清清楚楚了。而写碑的人偏要舞文弄墨,所以反而越舞越胡涂,他不知道研究"金石例"〔10〕的,从元朝到清朝就终于没有了局。

我还同先前一样;不过太静了,倒是什么也不想写。

鲁迅。九月二十三日。

* * *

〔1〕 本篇最初发表于厦门《波艇》月刊第一号(原刊未注明出版年月,当为1926年12月)。

〔2〕 H.M. 是"害马"的罗马字拼音"Haima"的缩写。这是鲁迅对许广平的戏称,因在女师大风潮中她和五位学生自治会职员曾被杨荫榆称做"害群之马"。

〔3〕 郑成功(1624—1662) 本名森,字大木,福建南安人。清顺治三年(1646),他反对父亲郑芝龙投降清王朝,在南澳起兵,驻守金门、厦门,连年出击闽粤江浙等地,屡败清兵;南明永历十五年(1661),率舰队渡台湾海峡,驱逐侵占我国领土的荷兰殖民者,积极经营台湾,以作抗清根据地。在他死后,厦门于清康熙十九年(1680)、台湾于康熙二十二年(1683)先后被清兵攻占。下文的"圣祖仁皇帝"是清朝康熙皇帝的庙号。

〔4〕 清代王先谦《十朝东华录》:康熙二十二年十月,"礼部议复,国子监祭酒王士正(按即王士禛)奏:明代南北两雍,皆有《十三经注疏》、'二十一史'刻板,今国学所藏,漫漶残缺,宜及时修补……从之。"

按在清康熙时仅有明监本(明代国子监刻印的版本)"二十一史";至乾隆时合"二十一史"及《旧唐书》、《旧五代史》、《明史》共二十四部,定为"正史",由武英殿刻印;"殿板",即指武英殿所刻的版本。

〔5〕 厦门大学附近的镇北关是郑成功为防御清兵而建造的,靠近城脚的海滩满铺可做玻璃原料的白沙,当时有人把它偷运到鼓浪屿,卖给台湾人设立的货栈,再转运到日本占领下的台湾的玻璃厂。

〔6〕 梅兰芳(1894—1961) 名澜,字畹华,江苏泰州人,京剧艺术家。

〔7〕 曼陀罗 亦称"风茄儿",茄科,一年生有毒草本,花大,色白。

〔8〕 朋其 黄鹏基(1901—1952),笔名朋其,四川仁寿人。《莽原》撰稿人,后加入狂飙社。他在短篇小说集《荆棘》的代序《自招》里说:"得朋友的一株霸王鞭是今年,废物利用,我把它种在一把没有盖的茶壶里,虽然不很茂,但竟没有死。"霸王鞭,灌木状常绿植物,茎有五棱和乳凸硬刺,开绿色小花。热带地区常栽做绿篱。

〔9〕 Borel 亨利·包立尔,荷兰人。清末曾来中国,在北京、厦门、漳州、广州等地居住多年。著有《新中国》、《无为》(一本关于老子哲学的书)等。

〔10〕 "金石例" 指墓志碑文的写作体例。元代潘昂霄著有《金石例》十卷;以后明代的王行,清代的黄宗羲、梁玉绳、李富孙、王芑孙等都有关于这方面的著作。

厦门通信(二)[1]

小峰兄：

《语丝》百一和百二期，今天一同收到了。许多信件一同收到，在这里是常有的事，大约每星期有两回。我看了这两期的《语丝》特别喜欢，恐怕是因为他们已经超出了一百期之故罢。在中国，几个人组织的刊物要出到一百期，实在是不容易的。

我虽然在这里，也常想投稿给《语丝》，但是一句也写不出，连"野草"也没有一茎半叶。现在只是编讲义。为什么呢？这是你一定了然的：为吃饭。吃了饭为什么呢？倘照这样下去，就是为了编讲义。吃饭是不高尚的事，我倒并不这样想。然而编了讲义来吃饭，吃了饭来编讲义，可也觉得未免近于无聊。别的学者们教授们又作别论，从我们平常人看来，教书和写东西是势不两立的，或者死心塌地地教书，或者发狂变死地写东西，一个人走不了方向不同的两条路。

忽然记起一件事来了，还是夏天罢，《现代评论》上仿佛曾有正人君子之流说过：因为骂人的小报流行，正经的文章没有人看，也不能印了。[2]我很佩服这些学者们的大才。不知道你可能替我调查一下，他们有多少正经文章的稿子"藏于家"，给我开一个目录？但如果是讲义，或者什么民法八万七千六百五十四条之类，那就不必开，我不要看。

今天又接到漱园[3]兄的信,说北京已经结冰了。这里却还只穿一件夹衣,怕冷就晚上加一件棉背心。宋玉[4]先生的什么"皇天平分四时兮窃独悲此廪秋,白露既下百草兮奄离披此梧楸"等类妙文,拿到这里来就完全是"无病呻吟"。白露不知可曾"下"了百草,梧楸却并不离披,景象大概还同夏末相仿。我的住所的门前有一株不认识的植物,开着秋葵似的黄花。我到时就开着花的了,不知道他是什么时候开起的;现在还开着;还有未开的蓓蕾,正不知道他要到什么时候才肯开完。"古已有之","于今为烈",我近来很有些怕敢看他了。还有鸡冠花,很细碎,和江浙的有些不同,也红红黄黄地永是这样一盆一盆站着。

我本来不大喜欢下地狱,因为不但是满眼只有刀山剑树[5],看得太单调,苦痛也怕很难当。现在可又有些怕上天堂了。四时皆春,一年到头请你看桃花,你想够多么乏味?即使那桃花有车轮般大,也只能在初上去的时候,暂时吃惊,决不会每天做一首"桃之夭夭"[6]的。

然而荷叶却早枯了;小草也有点萎黄。这些现象,我先前总以为是所谓"严霜"之故,于是有时候对于那"廪秋"不免口出怨言,加以攻击。然而这里却没有霜,也没有雪,凡萎黄的都是"寿终正寝",怪不得别个。呜呼,牢骚材料既被减少,则又有何话之可说哉!

现在是连无从发牢骚的牢骚,也都发完了。再谈罢。从此要动手编讲义。

鲁迅。十一月七日。

※　　※　　※

〔１〕　本篇最初发表于1926年11月27日《语丝》周刊一〇七期。

〔２〕　涵庐(高一涵)在《现代评论》第四卷第八十九期(1926年8月21日)上发表的《闲话》中曾说:"报纸上的言论,近几年来,最烩炎(脍炙)人口的,绝不是讨论问题和阐发学理的一类文字,只是揭开黑幕和攻人阴私的一类文字。越是板着学者的面孔,讨论学术问题的文字,看的人越少;越是带着三分流氓气,喜笑怒骂的揭黑幕攻阴私的文字,看的人越多。"又说:"社会上既欢迎嬉笑怒骂的文字,而著作家又利用社会的弱点,投其所好,又怎能不造成报界风气,叫人家认《小晶报》为大雅之声明呢?"

〔３〕　漱园　即韦素园,当时在北京主持莽原社工作。鲁迅1926年11月7日日记:"上午得素园信二封,廿九及卅日发。"

〔４〕　宋玉　战国时楚国诗人。这里引的两句,见他所著的《九辩》。

〔５〕　刀山剑树　佛教宣扬的地狱酷刑。《太平广记》卷三八二引《冥报拾遗》:"至第三重门,入见镬汤及刀山剑树。"

〔６〕　"桃之夭夭"　语出《诗经·周南·桃夭》:"桃之夭夭,灼灼其华。""夭夭",形容茂盛、艳丽。

《阿Q正传》的成因[1]

在《文学周报》二五一期里,西谛先生谈起《呐喊》,尤其是《阿Q正传》。[2]这不觉引动我记起了一些小事情,也想借此来说一说,一则也算是做文章,投了稿;二则还可以给要看的人去看去。

我先要抄一段西谛先生的原文——

"这篇东西值得大家如此的注意,原不是无因的。但也有几点值得商榷的,如最后'大团圆'的一幕,我在《晨报》上初读此作之时,即不以为然,至今也还不以为然,似乎作者对于阿Q之收局太匆促了;他不欲再往下写了,便如此随意的给他以一个'大团圆'。像阿Q那样的一个人,终于要做起革命党来,终于受到那样大团圆的结局,似乎连作者他自己在最初写作时也是料不到的。至少在人格上似乎是两个。"

阿Q是否真要做革命党,即使真做了革命党,在人格上是否似乎是两个,现在姑且勿论。单是这篇东西的成因,说起来就要很费功夫了。我常常说,我的文章不是涌出来的,是挤出来的。听的人往往误解为谦逊,其实是真情。我没有什么话要说,也没有什么文章要做,但有一种自害的脾气,是有时不免呐喊几声,想给人们去添点热闹。譬如一匹疲牛罢,明知不堪大用的了,但废物何妨利用呢,所以张家要我耕一弓地,可以的;李家要我挨一转磨,也可以的;赵家要我在他店前站一刻,在我背上帖出广告道:敝店备有肥牛,出售上等消毒滋养牛乳。我虽然深知道自己是怎么瘦,又是公的,并没有乳,然而想到他们为张罗生意起见,情有可原,只要出售的不是毒药,也就不说什么了。但倘若用得我太苦,是不行的,我还要自己觅草吃,要喘气的工夫;要专指我为某家的牛,将我关在他的牛牢内,也不行的,我有时也许还要给别家挨几转磨。如果连肉都要出卖,那自然更不行,理由自明,无须细说。倘遇到上述的三不行,我就跑,或者索性躺在荒山里。即使因此忽而从深刻变为浅薄,从战士化为畜生,吓我以康有为,比我以梁启超,[3]也都满不在乎,还是我跑我的,我躺我的,决不出来再上当,因为我于"世故"实在是太深了。

近几年《呐喊》有这许多人看,当初是万料不到的,而且连料也没有料。不过是依了相识者的希望,要我写一点东西就写一点东西。也不很忙,因为不很有人知道鲁迅就是我。我所用的笔名也不只一个:LS,神飞,唐俟,某生者,雪之,风声;更以前还有:自树,索士,令飞,迅行。鲁迅就是承迅行而来的,因为那时的《新青年》[4]编辑者不愿意有别号一般的署名。

现在是有人以为我想做什么狗首领了,真可怜,侦察了百来回,竟还不明白。我就从不曾插了鲁迅的旗去访过一次人;"鲁迅即周树人",是别人查出来的。[5]这些人有四类:一类是为要研究小说,因而要知道作者的身世;一类单是好奇;一类是因为我也做短评,所以特地揭出来,想我受点祸;一类是以为于他有用处,想要钻进来。

那时我住在西城边,知道鲁迅就是我的,大概只有《新青年》、《新潮》社里的人们罢;孙伏园[6]也是一个。他正在晨报馆编副刊。不知是谁的主意,忽然要添一栏称为"开心话"的了,每周一次。他就来要我写一点东西。

阿Q的影像,在我心目中似乎确已有了好几年,但我一向毫无写他出来的意思。经这一提,忽然想起来了,晚上便写了一点,就是第一章:序。因为要切"开心话"这题目,就胡乱加上些不必有的滑稽,其实在全篇里也是不相称的。署名是"巴人",取"下里巴人"[7],并不高雅的意思。谁料这署名又闯了祸了,但我却一向不知道,今年在《现代评论》上看见涵庐(即高一涵[8])的《闲话》才知道的。那大略是——

"……我记得当《阿Q正传》一段一段陆续发表的时候,有许多人都栗栗危惧,恐怕以后要骂到他的头上。并且有一位朋友,当我面说,昨日《阿Q正传》上某一段仿佛就是骂他自己。因此便猜疑《阿Q正传》是某人作的,何以呢?因为只有某人知道他这一段私事。……从此疑神疑鬼,凡是《阿Q正传》中所骂的,都以为就是他的阴私;凡是与登载《阿Q正传》的报纸有关系的投稿人,都不免做了他所认为《阿Q正传》的作者的嫌疑犯了!等到他打听出来《阿Q正传》的作者名姓的时候,他才知道他和作者素不相识,因此,才恍然自悟,又逢人声明说不是骂他。"(第四卷第八十九期)

我对于这位"某人"先生很抱歉,竟因我而做了许多天嫌疑犯。可惜不知是谁,"巴人"两字很容易疑心到四川人身上去,或者是四川人罢。直到这一篇收在《呐喊》里,也还有人问我:你实在是在骂谁和谁呢?我只能悲愤,自恨不能使人看得我不至于如此下劣。

第一章登出之后,便"苦"字临头了,每七天必须做一篇。我那时虽然并不忙,然而正在做流民,夜晚睡在做通路的屋子里,这屋子只有一个后窗,连好好的写字地方也没有,那里能够静坐一会,想一下。伏园虽然还没有现在这样胖,但已经笑嬉嬉,善于催稿了。每星期来一回,一有机会,就是:"先生,《阿Q正传》……。明天要付排了。"于是只得做,心里想着,"俗语说:'讨饭怕狗咬,秀才怕岁考。'我既非秀才,又要周考,真是为难……。"然而终于又一章。但是,似乎渐渐认真起来了;伏园也觉得不很"开心",所以从第二章起,便移在"新文艺"栏里。

这样地一周一周挨下去,于是乎就不免发生阿Q可要做革命党的问题了。据我的意思,中国倘不革命,阿Q便不做,既然革命,就会做的。我的阿Q的运命,也只能如此,人格也恐怕并不是两个。民国元年已经过去,无可追踪了,但此后倘再有改革,我相信还会有阿Q似的革命党出现。我也很愿意如人们所说,我只写出了现在以前的或一时期,但我还恐怕我所看见的并非现代的前身,而是其后,或者竟是二三十年之后。其实这也不算辱没了革命党,阿Q究竟已经用竹筷盘上他的辫子了;此后十五年,长虹"走到出版界"[9],不也就成为一个中国的"绥惠略夫"[10]了么?

《阿Q正传》大约做了两个月,我实在很想收束了,但我已经记不大清楚,似乎伏园不赞成,或者是我疑心倘一收束,他会来抗议,所以将"大团圆"藏在心里,而阿Q却已经渐渐向死路上走。到最末的一章,伏园倘在,也许会压下,而要求放阿Q多活几星期的罢。但是"会逢其适"[11],他回去了,代庖的是何作霖[12]君,于阿Q素无爱憎,我便将"大团圆"送去,他便登出来。待到伏园回京,阿Q已经枪毙了一个多月了。纵令伏园怎样善于催稿,如何笑嬉嬉,也无法再说"先生,《阿Q正传》……。"从此我总算收束了一件事,可以另干别的去。另干了别的什么,现在也已经记不清,但大概还是这一类的事。

其实"大团圆"倒不是"随意"给他的;至于初写时可曾料到,那倒确乎也是一个疑问。我仿佛记得:没有料到。不过这也无法,谁能开首就料到人们的"大团圆"?不但对于阿Q,连我自己将来的"大团圆",我就料不到究竟是怎样。终于是"学者",或"教授"乎?还是"学匪"或"学棍"呢?"官僚"乎,还是"刀笔吏"呢?"思想界之权威"乎,抑"思想界先驱者"乎,抑又"世故的老人"乎?"艺术家"?"战士"?抑又是见客不怕麻烦的特别"亚拉籍夫"乎?乎?乎?乎?乎?

但阿Q自然还可以有各种别样的结果,不过这不是我所知道的事。

先前,我觉得我很有写得"太过"的地方,近来却不这样想了。中国现在的事,即使如实描写,在别国的人们,或将来的好中国的人们看来,也都会觉得 grotesk[13]。我常常假想一件事,自以为这是想得太奇怪了;但倘遇到相类的事实,却往往更奇怪。在这事实发生以前,以我的浅见寡识,是万万想不到的。

大约一个多月以前,这里枪毙一个强盗,两个穿短衣的人各拿手枪,一共打了七枪。不知道是打了不死呢,还是死了仍然打,所以要打得这么多。当时我便对我的一群少年同学们发感慨,说:这是民国初年初用枪毙的时候的情形;现在隔了十多年,应该进步些,无须给死者这么多的苦痛。北京就不然,犯人未到刑场,刑吏就从后脑一枪,结果了性命,本人还来不及知道已经死了呢。所以北京究竟是"首善之区"[14],便是死刑,也比外省的好得远。

但是前几天看见十一月二十三日的北京《世界日报》,又知道我的话并不的确了,那第六版上有一条新闻,题目是《杜小拴子刀铡而死》,共分五节,现在撮录一节在下面——

▲杜小拴子刀铡余人枪毙　先时,卫戍司令部因为从了毅军各兵士的请求,决定用"枭首刑",所以杜等不曾到场以前,刑场已预备好了铡草大刀一把了。刀是长形的,下边是木底,中缝有厚大而锐利的刀一把,刀下头有一孔,横嵌木上,可以上下的活动,杜等四人入刑场之后,由招扶的兵士把杜等架下刑车,就叫他们脸冲北,对着已备好的刑桌前站着。……杜并没有跪,有外右五区的某巡官去问杜:要人把着不要? 杜就笑而不答,后来就自己跑到刀前,自己睡在刀上,仰面受刑,先时行刑兵已

将刀抬起，杜枕到适宜的地方后，行刑兵就合眼猛力一铡，杜的身首，就不在一处了。当时血出极多。在旁边跪等枪决的宋振山等三人，也各偷眼去看，中有赵振一名，身上还发起颤来。后由某排长拿手枪站在宋等的后面，先毙宋振山，后毙李有三赵振，每人都是一枪毙命。……先时，被害程步墀的两个儿子忠智忠信，都在场观看，放声大哭，到各人执刑之后，去大喊：爸！妈呀！你的仇已报了！我们怎么办哪？听的人都非常难过，后来由家族引导着回家去了。

假如有一个天才，真感着时代的心搏，在十一月二十二日发表出记叙这样情景的小说来，我想，许多读者一定以为是说着包龙图[15]爷爷时代的事，在西历十一世纪，和我们相差将有九百年。

这真是怎么好……。

至于《阿Q正传》的译本，我只看见过两种。[16]法文的登在八月分的《欧罗巴》上，还止三分之一，是有删节的。英文的似乎译得很恳切，但我不懂英文，不能说什么。只是偶然看见还有可以商榷的两处：一是"三百大钱九二串"当译为"三百大钱，以九十二文作为一百"的意思；二是"柿油党"不如译音，因为原是"自由党"，乡下人不能懂，便讹成他们能懂的"柿油党"了。

十二月三日，在厦门写。

＊　　＊　　＊

〔1〕 本篇最初发表于1926年12月18日上海《北新》周刊第十八期。

〔2〕《文学周报》 文学研究会的机关刊物。1921年5月在上海创刊。原名《文学旬刊》,为《时事新报》副刊之一,郑振铎等主编。1923年7月改名《文学》(周刊);1925年5月又易名为《文学周报》,独立发行,1929年6月停刊,前后约出四百期。西谛,郑振铎(1898—1958),笔名西谛,福建长乐人,作家、文学史家。他的文章发表于《文学周报》第二五一期(1926年11月21日),题目为"呐喊"。

〔3〕 这些话都是针对高长虹说的。高在《狂飙》周刊第一期(1926年10月)《走到出版界》的《革革革命及其他》一则内,说"鲁迅是一个深刻的思想家,同时代的人没有能及得上他的。"但不久在《狂飙》第五期(1926年11月)《走到出版界》的《1925北京出版界形势指掌图》中,却攻击鲁迅已"递降而至一不很高明而却奋勇的战士的面目,再递降而为一世故老人的面目"了。文中还以康有为、梁启超、章太炎等人为例,以见"老人"之难免"倒下",说:"有当年的康梁,也有今日的康梁;有当年的章太炎,也有今日的章太炎……。所谓周氏兄弟者,今日如何,当有以善自处了!"按高长虹(1898—约1956),山西盂县人,狂飙社主要成员。

〔4〕《新青年》 综合性月刊。1915年9月创刊于上海,由陈独秀主编。第一卷名《青年杂志》,第二卷起改名为《新青年》。1916年底迁至北京。从1918年1月起,李大钊等参加编辑工作。1922年休刊,共出九卷,每卷六期。鲁迅在"五四"时期同该刊有密切联系,是它的重要撰稿人,曾参加该刊编辑会议。

〔5〕 这里所说的"有人",指高长虹等。高在《1925北京出版界形势指掌图》里说:"我与鲁迅,会面不只百次。"同时诽谤鲁迅"要以主

帅自诩"。"别人",指陈西滢等。参看本书第62页注〔29〕。

〔6〕 孙伏园(1894—1966) 原名福源,浙江绍兴人。鲁迅任绍兴师范学校校长时的学生,后在北京大学毕业,曾参加新潮社和语丝社,先后任《晨报副刊》、《京报副刊》、武汉《中央日报副刊》编辑。曾与作者同在厦门大学、中山大学任教。著有《伏园游记》、《鲁迅先生二三事》等。

〔7〕 "下里巴人" 古代楚国的通俗歌曲。《文选》卷四十五宋玉《对楚王问》:"客有歌于郢中者,其始曰下里巴人,国中属而和者数千人;……其为阳春白雪,国中属而和者,不过数十人。"

〔8〕 高一涵(1885—1968) 笔名涵庐等,安徽六安人,曾留学日本,时任北京大学教授,现代评论派成员。这里所引文字见于他发表在《现代评论》第四卷第八十九期(1926年8月21日)的《闲话》。在这篇《闲话》中,他指责当时著作家"多以骂人起家",接着就以《阿Q正传》为例,写下这里所引的一段话。

〔9〕 "走到出版界" 高长虹在他主编的《狂飙》周刊上陆续发表的批评文字的总题,后印单行本,1928年7月上海泰东图书局发行。

〔10〕 "绥惠略夫" 俄国作家阿尔志跋绥夫的小说《工人绥惠略夫》中的人物,一个无政府主义者。高长虹在《1925北京出版界形势指掌图》中以绥惠略夫自比,说他初访鲁迅的情形,使他"想像到亚拉籍夫与绥惠略夫会面时情形之仿佛"(亚拉籍夫也是《工人绥惠略夫》中的人物)。

〔11〕 "会逢其适" 语出《文中子·中说·周公》,原是"会当其意有所适"的意思。章士钊在《甲寅》周刊第一卷第一号(1925年7月18日)发表的《毁法辨》中错误地把它当作"适逢其会"来用。作者在这里顺笔给予讽刺。

〔12〕 何作霖 广东东莞人,北京大学毕业。当时任《晨报》编

辑。1922年初孙伏园回绍兴探亲,由他代为主编《晨报副刊》。

〔13〕 Grotesk 德语,意思是古怪的、荒诞的。

〔14〕 首善之区 指首都。《汉书·儒林传》载:"故教化之行也,建首善,自京师始。"这里指当时北洋政府的首都北京。

〔15〕 包龙图 即包拯(999—1062),字希仁,安徽合肥人。宋仁宗时进士,历官监察御史、开封知府、枢密副使、龙图阁直学士等职。以立朝刚毅著称。旧时民间关于他的传说很多,在《三侠五义》等小说或戏剧中,都有他用铡刀铡犯人的故事。

〔16〕 指敬隐渔的法文译本和梁社乾的英文译本。法文译本发表于罗曼·罗兰主编的《欧罗巴》月刊第四十一、四十二期(1926年5月15日、6月15日);《序》被删去,其余各章均有节略。英文译本1926年由上海商务印书馆出版。

关于《三藏取经记》等[1]

阔别了多年的ＳＦ[2]君，忽然从日本东京寄给我一封信，转来转去，待我收到时，去发信的日子已经有二十天了。但这在我，却真如空谷里听到跫然的足音[3]。信函中还附着一片十一月十四日东京《国民新闻》的记载，是德富苏峰[4]氏纠正我那《小说史略》的谬误的。

凡一本书的作者，对于外来的纠正，以为然的就遵从，以为非的就缄默，本不必有一一说明下笔时是什么意思，怎样取舍的必要。但苏峰氏是日本深通"支那"的耆宿，《三藏取经记》[5]的收藏者，那措辞又很波俏，因此也就想来说几句话。

首先还得翻出他的原文来——

鲁迅氏之《中国小说史略》　　苏峰生

顷读鲁迅氏之《中国小说史略》，有云：

《大唐三藏法师取经记》三卷，旧本在日本，又有一小本曰《大唐三藏取经诗话》，内容悉同，卷尾一行云"中瓦子张家印"，张家为宋时临安书铺，世因以为宋刊，然迄于元朝，张家或亦无恙，则此书或为元人所撰，未可知矣。……

这倒并非没有聊加辩正的必要。

关于《三藏取经记》等

《大唐三藏取经记》者，实是我的成篑堂的插架中之一，而《取经诗话》的袖珍本，则是故三浦观树将军的珍藏。这两书，是都由明慧上人和红叶广知于世，从京都栂尾高山寺散出的。看那书中的高山寺的印记，又看高山寺藏书目录，都证明着如此。

这不但作为宋椠的稀本；作为宋代所著的说话本（日本之所谓言文一致体），也最可珍重的的罢。然而鲁迅氏却轻轻地断定道，"此书或为元人撰，未可知矣。"过于太早计了。

鲁迅氏未见这两书的原板，所以不知究竟，倘一见，则其为宋椠，决不容疑。其纸质，其墨色，其字体，无不皆然。不仅因为张家是宋时的临安的书铺。

加之，至于成篑堂的《取经记》，则有着可以说是宋版的特色的阙字。好个罗振玉氏，于此早已觉到了。

> 皆（三浦本，成篑堂本）为高山寺旧藏。而此本（成篑堂藏《取经记》）刊刻尤精，书中驚字作驚，敬字缺末笔，盖亦宋椠也。（《雪堂校刊群书叙录》）

想鲁迅氏未读罗氏此文，所以疑是或为元人之作的罢。即使世间多不可思议事，元人著作的宋刻，是未必有可以存在的理由的。

罗振玉氏对于此书，曾这样说。宋代平话，旧但有《宣和遗事》而已。近年若《五代平话》，《京本小说》，渐有重刊本。宋人平话之传于人间者，至是遂得四种。因为是斯学界中如此重要的书籍，所以明白其真相，未必一定是无用之业罢。

总之，苏峰氏的意思，无非在证明《三藏取经记》等是宋椠。其论据有三——

一　纸墨字体是宋；

二　宋讳缺笔[6]；

三　罗振玉[7]氏说是宋刻。

说起来也惭愧，我虽然草草编了一本《小说史略》，而家无储书，罕见旧刻，所用为资料的，几乎都是翻刻本，新印本，甚而至于是石印本，序跋及撰人名，往往缺失，所以漏略错误，一定很多。但《三藏法师取经记》及《诗话》两种，所见的却是罗氏影印本，纸墨虽新，而字体和缺笔是看得出的。那后面就有罗跋，正不必再求之于《雪堂校刊群书叙录》，我所谓"世因以为宋刊"，即指罗跋而言。现在苏峰氏所举的三证中，除纸墨因确未目睹，无从然否外，其余二事，则那时便已不足使我信受，因此就不免"疑"起来了。

某朝讳缺笔是某朝刻本，是藏书家考定版本的初步秘诀，只要稍看过几部旧书的人，大抵知道的。何况缺笔的驚字的怎样地触目。但我却以为这并不足以确定为宋本。前朝的缺笔字,因为故意或习惯,也可以沿至后一朝。例如我们民国已至十五年了,而遗老们所刻的书,仪字还"敬缺末笔"。非遗老们所刻的书,宁字玄字也常常缺笔,或者以甯代宁,以元代玄。这都是在民国而讳清讳;不足为清朝刻本的证据。京师图书馆所藏的《易林注》[8]残本(现有影印本,在《四部丛刊》中),恆字搆字都缺笔的,纸质,墨色,字体,都似宋;而且是蝶装[9],缪荃荪[10]氏便定为宋本。但细看内容,却引用着阴时夫的《韵府群玉》[11],而阴时夫则是道道地地的元人。所以我以为不能据缺笔字便确定为某朝刻,尤其是当时视为无足重轻的小说和剧曲之类。

罗氏的论断,在日本或者很被引为典据罢,但我却并不尽信奉,不但书跋,连书画金石的题跋,无不皆然。即如罗氏所举宋代平话四种中,《宣和遗事》[12]我也定为元人作,但这并非我的轻轻断定,是根据了明人胡应麟[13]氏所说的。而且那书是抄撮而成,文言和白话都有,也不尽是"平话"。

我的看书,和藏书家稍不同,是不尽相信缺笔,抬头,以及罗氏题跋的。因此那时便疑;只是疑,所以说"或",说"未可知"。我并非想要唐突宋椠和收藏者,即使如何廓大其冒昧,似乎也不过轻疑而已,至于"轻轻地断定",则殆未也。

但在未有更确的证明之前,我的"疑"是存在的。待证明之后,就成为这样的事:鲁迅疑是元刻,为元人作;今确是宋椠,故为宋人作。无论如何,苏峰氏所豫想的"元人著作的宋版"这滑稽剧,是未必能够开演的。

然而在考辨的文字中杂入一点滑稽轻薄的论调,每容易迷眩一般读者,使之失去冷静,坠入彀中,所以我便译出,并略加说明,如上。

十二月二十日。

※　　※　　※

〔1〕 本篇最初发表于1927年1月15日《北新》周刊第二十一期。

〔2〕 ＳＦ 指日本福冈诚一(1897—1975),俄国盲人作家爱罗先珂的朋友,曾与爱罗先珂同在鲁迅家中住过。鲁迅1926年12月19日日记载:"得淑卿信,九日发,附福冈君函。"即指此信。

〔3〕 跫然的足音 语出《庄子·徐无鬼》:"夫逃虚空者,……闻人足音跫然而喜矣。"通常用"空谷足音"比喻难得的令人欣喜的消息。

〔4〕 德富苏峰(1863—1957) 日本著作家。曾任参议院议员、东京国民新闻社社长。著有《人物管见》《成箦堂闲记》等。

〔5〕《三藏取经记》 即《大唐三藏取经记》。旧藏日本京都高山寺,后归德富苏峰成箦堂文库。书缺第一卷的上半卷和第二卷。下文的《大唐三藏取经诗话》,旧藏日本高山寺,后归大仓喜七郎。书缺上卷第一则和中卷第八则。两书均为三卷,内容完全相同。

〔6〕 缺笔 从唐代开始的一种避讳方式,即在书写或镌刻本朝皇帝或尊长的名字时省略最末一笔。

〔7〕 罗振玉(1866—1940) 字叔蕴,号雪堂,浙江上虞人,金石学家。清末曾任学部参事官等职,辛亥革命后,长期从事复辟清室的活动;九一八事变后,任伪"满洲国"监察院院长。所著《雪堂校刊群书叙录》,共二卷,1918年出版。

〔8〕《易林注》 《易林》,西汉焦赣(延寿)撰,十六卷。《易林注》是后人的注本。作者这里所说的《易林注》是元代人的注本。京师

图书馆(今北京图书馆)所藏残本,实为元刊。《四部丛刊》中有全本,系借吴兴蒋氏密韵楼影元写本补足。《四部丛刊》是商务印书馆出版的丛书,张元济辑,据珍本和善本影印,分初编、续编、三编,收入古籍五百零四种。

〔9〕 蝶装　即蝴蝶装,图书装订名称。其法系将书叶反折,即有字的纸面相对折叠,将中缝的背口粘连,再用厚纸包装作封面。翻阅时,开展如蝴蝶的双翅,故名。

〔10〕 缪荃荪(1844—1919)　字筱珊,号艺风,江苏江阴人,清光绪进士,藏书家、版本学家。著有《艺风堂藏书记》、《艺风堂文集》等。

〔11〕 阴时夫　名幼遇,字时夫,隆兴奉新(今属江西)人。宋末进士,入元不仕。《韵府群玉》,是他所撰的一部类书,二十卷。

〔12〕《宣和遗事》　即《大宋宣和遗事》。宋元间人作。分四集或前后二集,内容叙述北宋衰亡和南宋南迁临安时期的史事。

〔13〕 胡应麟(1551—1602)　字元瑞,号少室山人,浙江兰谿人,明代学者。万历举人,未仕。著有《少室山房笔丛》、《少室山房类稿》等。他说《宣和遗事》为元朝人所作的话,见《笔丛》卷四十一,鲁迅已收入《小说旧闻钞》的《大宋宣和遗事》条内。

所谓"思想界先驱者"鲁迅启事[1]

《新女性》[2]八月号登有"狂飙社[3]广告",说:"狂飙运动的开始远在二年之前……去年春天本社同人与思想界先驱者鲁迅及少数最进步的青年文学家合办《莽原》……兹为大规模地进行我们的工作起见于北京出版之《乌合》《未名》《莽原》《弦上》[4]四种出版物外特在上海筹办《狂飙丛书》及一篇幅较大之刊物"云云。我在北京编辑《莽原》,《乌合丛书》,《未名丛刊》三种出版物,所用稿件,皆系以个人名义送来;对于狂飙运动,向不知是怎么一回事:如何运动,运动甚么。今忽混称"合办",实出意外;不敢掠美,特此声明。又,前因有人不明真相,或则假借虚名,加我纸冠,已非一次,业经先有陈源在《现代评论》上,近有长虹在《狂飙》上,迭加嘲骂,而狂飙社一面又锡以第三顶"纸糊的假冠"[5],真是头少帽多,欺人害己,虽"世故的老人"[6],亦身心之交病矣。只得又来特此声明:我也不是"思想界先驱者"即英文 Forerunner 之译名。此等名号,乃是他人暗中所加,别有作用,本人事前并不知情,事后亦未尝高兴。倘见者因此受愚,概与本人无涉。

*　　*　　*

〔1〕　本篇最初发表于1926年12月10日《莽原》半月刊第二十

三期,又同时发表于《语丝》、《北新》、《新女性》等期刊。

〔2〕 《新女性》 月刊,妇女问题研究会编辑,1926年1月1日创刊,上海开明书店发行。1929年12月停刊,共出四十八期。

〔3〕 狂飙社 高长虹、向培良等所组织的文学团体。1924年11月,曾在北京《国风日报》上出过《狂飙》周刊,至十七期停止;1926年10月,又在上海光华书局出版,次年1月停刊。另编印《狂飙丛书》。

〔4〕《乌合》《未名》 即《乌合丛书》和《未名丛刊》,是鲁迅在北京编辑的两套丛书;《乌合》专收创作,《未名》专收译本。《弦上》,是狂飙社在北京编印的一种周刊,1926年2月创刊。

〔5〕 第三顶"纸糊的假冠" 指狂飙社广告所加于鲁迅的"思想界先驱者"的称号。这里说"第三顶",是因为在这以前已有人称鲁迅为"思想界的权威者"和"青年叛徒的领袖"。

〔6〕"世故的老人" 高长虹在《狂飙》第五期(1926年11月)发表的《1925北京出版界形势指掌图》中曾诋毁鲁迅为"世故老人";并对鲁迅在女师大事件中反对章士钊的斗争加以嘲骂说:在"实际的反抗者(按指女师大学生)从哭声中被迫出校后……鲁迅遂戴其纸糊的权威者的假冠入于身心交病之状况矣!"

厦 门 通 信(三)[1]

小峰兄：

二十七日寄出稿子两篇，[2]想已到。其实这一类东西，本来也可做可不做，但是一则因为这里有几个少年希望我耍几下，二则正苦于没有文章做，所以便写了几张，寄上了。本地也有人要我做一点批评厦门的文字，然而至今一句也没有做，言语不通，又不知各种底细，从何说起。例如这里的报纸上，先前连日闹着"黄仲训霸占公地"[3]的笔墨官司，我至今终于不知道黄仲训何人，曲折怎样，如果竟来批评，岂不要笑断真的批评家的肚肠。但别人批评，我是不妨害的。以为我不准别人批评者，诬也；[4]我岂有这么大的权力。不过倘要我做编辑，那么，我以为不行的东西便不登，我委实不大愿意做一个莫名其妙的什么运动的傀儡。

前几天，卓治[5]睁大着眼睛对我说，别人胡骂你，你要回骂。还有许多人要看你的东西，你不该默不作声，使他们迷惑。你现在不是你自己的了。我听了又打了一个寒噤，和先前听得有人说青年应该学我的多读古文时候相同。呜呼，一戴纸冠，遂成公物，负"帮忙"之义务，有回骂之必须，然则固不如从速坍台，还我自由之为得计也。质之高明，未识以为然否？

厦门通信(三)

今天也遇到了一件要打寒噤的事。厦门大学的职务,我已经都称病辞去了。百无可为,溜之大吉。然而很有几个学生向我诉苦,说他们是看了厦门大学革新的消息[6]而来的,现在不到半年,今天这个走,明天那个走,叫他们怎么办?这实在使我夹脊梁发冷,哑口无言。不料"思想界权威者"或"思想界先驱者"这一顶"纸糊的假冠",竟又是如此误人子弟。几回广告(却并不是我登的),将他们从别的学校里骗来,而结果是自己倒跑掉了,真是万分抱歉。我很惋惜没有人在北京早做黑幕式的记事,将学生们拦住。"见面时一谈,不见时一战"[7]哲学,似乎有时也很是误人子弟的。

你大约还不知道底细,我最初的主意,倒的确想在这里住两年,除教书之外,还希望将先前所集成的《汉画象考》和《古小说钩沈》印出。[8]这两种书自己印不起,也不敢请你印。因为看的人一定很少,折本无疑,惟有有钱的学校才合适。及至到了这里,看看情形,便将印《汉画象考》的希望取消,并且自己缩短年限为一年。其实是已经可以走了,但看着语堂[9]的勤勉和为故乡做事的热心,我不好说出口。后来豫算不算数了,语堂力争;听说校长就说,只要你们有稿子拿来,立刻可以印。于是我将稿子拿出去,放了大约至多十分钟罢,拿回来了,从此没有后文。这结果,不过证明了我确有稿子,并不欺骗。那时我便将印《古小说钩沈》的意思也取消,并且自己再缩短年限为半年。语堂是除办事教书之外,还要防暗算,我看他在不相干的事情上,弄得力尽神疲,真是冤枉之至。

前天开会议,连国学院的周刊也几乎印不成了;然而校长的意思,却要添顾问,如理科主任之流,都是顾问,据说是所以连络感情的。我真不懂厦门的风俗,为什么研究国学,就会伤理科主任之流的感情,而必用顾问的绳,将他络住?联络感情法我没有研究过;兼士[10]又已辞职,所以我决计也走了。现在去放假不过三星期,本来暂停也无妨,然而这里对于教职员的薪水,有时是锱铢必较的,离开学校十来天也想扣,所以我不想来沾放假中的薪水的便宜,至今天止,扣足一月。昨天已经出题考试,作一结束了。阅卷当在下月,但是不取分文。看完就走,刊物请暂勿寄来,待我有了驻足之所,当即函告,那时再寄罢。

临末,照例要说到天气。所谓例者,我之例也;怕有批评家指为我要勒令天下青年都照我的例,所以特此声明:并非如此。天气,确已冷了。草也比先前黄得多;然而我那门前的秋葵似的黄花却还在开着,山里也还有石榴花。苍蝇不见了,蚊子间或有之。

夜深了,再谈罢。

　　　　　　　　　　　鲁迅。十二月三十一日。

再:睡了一觉醒来,听到柝声,已经是五更了。这是学校的新政,上月添设,更夫也不止一人。我听着,才知道各人的打法是不同的,声调最分明地可以区别的有两种——

托,托,托,托托!

托,托,托托!托。

打更的声调也有派别,这是我先前所不知道的。并以奉告,当作一件新闻。

* * *

〔1〕 本篇最初发表于1927年1月15日《语丝》周刊第一一四期。

〔2〕 指《〈走到出版界〉的"战略"》和《新的世故》,均收入《集外集拾遗补编》。

〔3〕 "黄仲训霸占公地" 明末清初民族英雄郑成功曾在鼓浪屿日光岩建督操台,操练水师。1926年秋,黄仲训在这里侵占公地建筑瞰青别墅,引起舆论反对。随后黄登报声明:所建别墅将供众人游览,以瞻仰民族英雄郑成功故垒,别墅因得继续修建。黄仲训,厦门人,清末秀才,越南华侨。

〔4〕 这是对于高长虹的驳斥。高长虹在《1925北京出版界形势指掌图》中曾说:"鲁迅是一个直觉力很好的人,但不能持论。如他对自己不主张批评,我不反对。但如因为自己不能批评,便根本反对批评,那便不应该了。"

〔5〕 卓治 魏兆淇(1904—1978),笔名卓治,福建福州人。1926年9月从上海南洋大学转学厦门大学。这里他所说的话,可参看鲁迅1927年1月5日给许广平的信:"记得先前有几个学生拿了《狂飙》来,力劝我回骂长虹。说道,你不是你自己的了,许多青年等着听你的话!"(《两地书·一〇五》)

〔6〕 厦门大学革新的消息 1926年6月和8月,上海《申报》和《时事新报》先后发表厦门大学"革新消息",介绍该校创办人陈嘉庚增拨基金和经费,大规模地扩充学校,并增设国学研究院。如8月4日《时事新报》刊载《厦门大学最近之发展》一文说:"不数年间,厦大当可望为中国完善大学之一,除广筑校舍购备仪器图书等外,该校长林文

庆,目下最注意者,为延聘国内外名宿,使学生得良师之诱导……且以(已)聘定北大沈兼士、周树人(鲁迅)、顾颉刚以整理国学……果能如此致力进行,加以经费充裕,将来国学研究院定有相当成绩,为吾国学术界别开生面也。"同一期间,《申报》和《时事新报》还多次刊登厦门大学新聘教授周树人等的行踪。

〔7〕 "见面时一谈,不见时一战" 这是高长虹在《狂飙》周刊第一期(1926年10月)发表的《答国民大学X君》一文中的话:"文字上的冷箭,我也略知一二,大概还不至于十分吃亏。以冷箭来,以冷箭报,不违古礼,且合新谊。见面时谈一谈,不见面时战一战,也可减少一些单调。"

〔8〕 《汉画象考》 鲁迅准备编印的关于美术考古的一部专书。他历年搜集和研究汉魏六朝石刻的画象和图案,已成《六朝造象目录》一书(未印),但汉画象部分并未完成。《古小说钩沈》,参看本书第63页注〔36〕。作者生前未出版。

〔9〕 语堂 林语堂(1895—1976),原名和乐,改名玉堂,又改语堂,福建龙溪人,作家,语丝社成员。曾留学美国、德国,历任北京大学、北京女子师范大学教授,时任厦门大学文科主任。三十年代在上海主编《论语》、《人间世》、《宇宙风》等杂志,提倡"幽默文学"和"以自我为中心,闲适为格调"的"性灵"文学。

〔10〕 兼士 沈兼士(1885—1947),浙江吴兴人,文字学家。日本东京物理学校毕业,曾任北京大学教授,时任厦门大学文科国学系主任,兼国学研究院主任。

海 上 通 信[1]

小峰兄：

前几天得到来信，因为忙于结束我所担任的事，所以不能即刻奉答。现在总算离开厦门坐在船上了。船正在走，也不知道是在什么海上。总之一面是一望汪洋，一面却看见岛屿。但毫无风涛，就如坐在长江的船上一般。小小的颠簸自然是有的，不过这在海上就算不得颠簸；陆上的风涛要比这险恶得多。

同舱的一个是台湾人，他能说厦门话，我不懂；我说的蓝青官话[2]，他不懂。他也能说几句日本话，但是，我也不大懂得他。于是乎只好笔谈，才知道他是丝绸商。我于丝绸一无所知，他于丝绸之外似乎也毫无意见。于是乎他只得睡觉，我就独霸了电灯写信了。

从上月起，我本在搜集材料，想趁寒假的闲空，给《唐宋传奇集》做一篇后记[3]，准备付印，不料现在又只得搁起来。至于《野草》，此后做不做很难说，大约是不见得再做了，省得人来谬托知己，舐皮论骨，什么是"入于心"的。[4]但要付印，也还须细看一遍，改正错字，颇费一点工夫。因此一时也不能寄上。

我直到十五日才上船，因为先是等上月份的薪水，后来是等船。在最后的一星期中,住着实在很为难,但也更懂了一些新的世故,就是,我先前只以为要饭碗不容易,现在才知道不要饭碗也是不容易的。我辞职时,是说自己生病,因为我觉得无论怎样的暴主,还不至于禁止生病;倘使所生的并非气厥病,也不至于牵连了别人。不料一部分的青年不相信,给我开了几次送别会,演说,照相,大抵是逾量的优礼,我知道有些不妥了,连连说明:我是戴着"纸糊的假冠"的,请他们不要惜别,请他们不要忆念。但是,不知怎地终于发生了改良学校运动,首先提出的是要求校长罢免大学秘书刘树杞[5]博士。

听说三年前,这里也有一回相类的风潮,结果是学生完全失败,在上海分立了一个大夏大学。[6]那时校长如何自卫,我不得而知;这回是说我的辞职,和刘博士无干,乃是胡适之派和鲁迅派相排挤,所以走掉的。这话就登在鼓浪屿的日报《民钟》上,并且已经加以驳斥。但有几位同事还大大地紧张起来,开会提出质问;而校长却答复得很干脆:没有说这话。有的还不放心,更给我放散别种的谣言[7],要减轻"排挤说"的势力。真是"天下纷纷,何时定乎?"[8]如果我安心在厦门大学吃饭,或者没有这些事的罢,然而这是我所意料不到的。

校长林文庆[9]博士是英国籍的中国人,开口闭口,不离孔子,曾经做过一本讲孔教的书,可惜名目我忘记了。听说还有一本英文的自传,将在商务印书馆出版;现在正做着《人种问题》。他待我实在是很隆重,请我吃过几回饭;单是饯行,就有两回。不过现在"排挤说"倒衰退了;前天所听到的是他在宣传,我到厦门,原是来捣乱,并非豫备在厦门教书的,所以北京的位置都没有辞掉。

现在我没有到北京,"位置说"大概又要衰退了罢,新说如何,可惜我已在船上,不得而知。据我的意料,罪孽一定是日见其深重的,因为中国向来就是"当面输心背面笑"[10],正不必"新的时代"的青年[11]才这样。对面是"吾师"和"先生",背后是毒药和暗箭,领教了已经不只两三次了。

新近还听到我的一件罪案,是关于集美学校[12]的。厦门大学和集美学校,都是秘密世界,外人大抵不大知道。现在因为反对校长,闹了风潮了。先前,那校长叶渊[13]定要请国学院里的人们去演说,于是分为六组,每星期一组,凡两人。第一次是我和语堂。那招待法也很隆重,前一夜就有秘书来迎接。此公和我谈起,校长的意思是以为学生应该专门埋头读书的。我就说,那么我却以为也应该留心世事,和校长的尊意正相反,不如不去的好罢。他却道不妨,也可以说说。于是第二天去了,校长实在沉鸷得很,殷勤劝我吃饭。我却一面吃,一面愁。心里想,先给我演说就好了,听得讨厌,就可以不请我吃饭;现在饭已下肚,倘使说话有背谬之处,适足以加重罪孽,如何是好呢。午后讲演,我说的是照例的聪明人不能做事,因为他想来想去,终于什么也做不成等类的话。那时校长坐在我背后,我看不见。直到前几天,才听说这位叶渊校长也说集美学校的闹风潮,都是我不好,对青年人说话,那里可以说人是不必想来想去的呢。当我说到这里的时候,他还在后面摇摇头。

我的处世,自以为退让得尽够了,人家在办报,我决不自行去投稿；人家在开会，我决不自己去演说。硬要我去，自然也可以的，但须任凭我说一点我所要说的话，否则，我宁可一声不响，算是死尸。但这里却必须我开口说话，而话又须合于校长之意。我不是别人，那知道别人的意思呢？"先意承志"[14]的妙法，又未曾学过。其被摇头，实活该也。

但从去年以来，我居然大大地变坏，或者是进步了。虽或受着各方面的斫刺，似乎已经没有创伤，或者不再觉得痛楚；即使加我罪案，也并不觉着一点沉重了。这是我经历了许多旧的和新的世故之后，才获得的。我已经管不得许多，只好从退让到无可退避之地，进而和他们冲突，蔑视他们，并且蔑视他们的蔑视了。

我的信要就此收场。海上的月色是这样皎洁；波面映出一大片银鳞，闪烁摇动；此外是碧玉一般的海水，看去仿佛很温柔。我不信这样的东西是会淹死人的。但是，请你放心，这是笑话，不要疑心我要跳海了，我还毫没有跳海的意思。

鲁迅。一月十六夜，海上。

* * *

〔1〕 本篇最初发表于 1927 年 2 月 12 日《语丝》周刊第一一八期。

〔2〕 蓝青官话 指夹杂地区性方言的普通话。蓝青，比喻不纯粹。

〔3〕 《唐宋传奇集》 鲁迅校录的唐宋传奇小说，1927 年 12 月上海北新书局出版。这里说的后记，即书末的《稗边小缀》，现收入《古籍

序跋集》。

〔4〕 这里指高长虹。他在《狂飙》第五期（1926年11月）发表的《1925北京出版界形势指掌图》中曾说："当我在《语丝》第三期看见《野草》第一篇《秋夜》的时候，我既惊异而又幻想。惊异者，以鲁迅向来没有过这样文字也。幻想者，此入于心的历史，无人证实，置之不谈。"

〔5〕 刘树杞（1893—？） 字楚青，湖北新埔人，美国哥伦比亚大学化学博士，时任厦门大学秘书兼理科主任。当时，厦大国学研究院暂借生物学院三楼作为国学院图书或古物的陈列所，刘树杞曾授意他人讨还房子。以后，鲁迅辞职，有人以为是被刘树杞排挤走的，因而发生了"驱逐刘树杞"，"重建新厦大"的风潮。其实，鲁迅主要是因为对厦门大学当局不满而辞职的。

〔6〕 1924年4月，厦门大学学生对校长林文庆不满，开会拟作出要求校长辞职的决议，因部分学生反对而作罢。林文庆为此开除为首学生，解聘教育科主任等九人，从而引起学潮。林又拒绝学生的任何合理要求，并于6月1日诱使建筑工人凶殴学生，继又下令提前放暑假，限令学生五日离校，届时即停膳、停电、停水。学生被迫宣布集体离校，在被解聘教职员帮助下，到上海共同筹建大夏大学，借小沙渡路二十号为校舍，于9月22日开课。11月22日由董事会推举马君武为校长。

〔7〕 "别种的谣言" 指黄坚（白果）、陈万里（田千顷）等人散布的谣言。如说鲁迅"不肯留居厦门，乃为月亮（按指许广平）不在之故"（见《两地书·一一二》）等。黄坚，字振玉，江西清江人，曾任北京女子师范大学职员。经顾颉刚推荐任厦门大学国学研究院陈列部干事，兼文科主任办公室襄理。陈万里（1891—1969），江苏吴县人，经顾颉刚推荐任厦门大学国学院考古导师等职。

〔8〕 "天下纷纷，何时定乎？" 语出《史记·陈丞相世家》。

〔9〕 林文庆（1869—1957） 字梦琴，福建海澄人，英国爱丁堡大

学医学硕士,香港大学荣誉医学博士。当时任厦门大学校长兼国学研究院院长。

〔10〕 "当面输心背面笑" 语出唐代诗人杜甫的《莫相疑行》一诗:"晚将末契托年少,当面输心背面笑。"

〔11〕 "新的时代"的青年 指高长虹。他在《狂飙》周刊第二期(1926年10月)给鲁迅的公开信中说到《狂飙》周刊时,曾说:"这次发刊,我们决意想群策群力开创一新的时代。"

〔12〕 集美学校 爱国华侨陈嘉庚1913年在他家乡厦门市集美镇创办。初为小学,以后陆续增办中学、师范部等。

〔13〕 叶渊(1888—1952) 字采真,福建安溪人,北京大学经济系毕业,时任集美学校校长。

〔14〕 "先意承志" 语出《礼记·祭义》:"君子之所为孝者,先意承志。"是孔子弟子曾参的话。意思是预测父母的意志承奉而行。